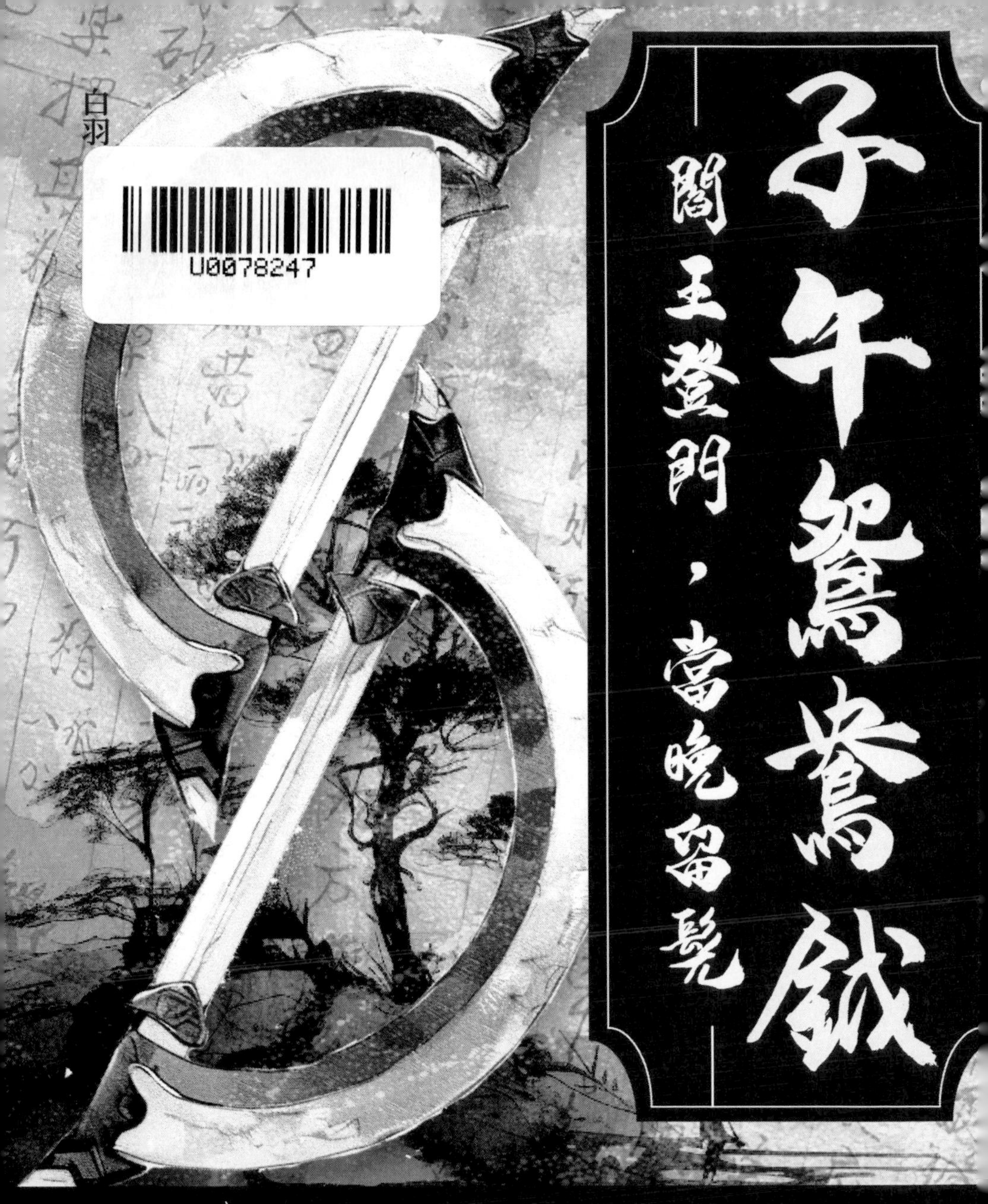

天下事，一向是無情、無義、更無理！

老拳師張玉峰，看外表敦厚和易，威而不猛
實則擅青鋼劍，晚年精研子午鴛鴦鉞，獨創一派
光緒二十一年四月，張玉峰武師奉命率捕
往疙疸山東北十三道嶺，捉拿劇匪「北霸天」王洛五

目錄

目錄

自序

事變以還，賣文餬口，交遊寂絕。四年前，忽有洵陽老拳師張玉峰投名刺見訪。聞不佞撰述武林故事，欲將生平所身經、目睹、耳聞之奇縷縷見告，蘄以筆錄問世，倘亦有壯士暮年，留名身後之志？不佞初頗以為訝，人與草木同朽耳，立言立名，遲早終須一朽。何況傳奇說部乃落伍之文，技擊拳勇亦背時之術，更談不到留名。而且不佞根本不懂武術，甚至私心懷疑過它的理論。凡以其所寫小說，純出意構，任意揮毫，然後有操縱自如之趣；苟有事實為底本，如作繭自縛，反感掣肘，苦無迴旋餘地了。以此種種緣故，作者既不願自尋苦惱，對於張君請作傳的雅望，當日唯有敬謝不敏罷了。

如是大約過了一年，張先生那時僦居舊英租界，每晨起徐行散步，往往逍遙到河北，一到河北，就時常繞道見顧寒舍。一次不見，兩次，兩次不見，三次，如是久之。耆年堅志，鍥而不捨，不佞不禁愕然，而且有些歉疚不安。既詫其人，因思一見，一見如故。乃知矍鑠一老叟，今年已七十有四，面容頗和善，形體魁梧，步履健勇，不亞如少年。既時與共談，言語懇誠，無時下拳家浮誇之氣，對於拳學持論，則甚平易近情，力戒門戶之見，亦屏怪誕之說，其為人可以「樸忠」二字概之。而守志彌篤，勇於自信，是不佞區區懦夫最折服者。時執教於河北法政橋市立師範，教女弟子八卦掌、長拳。於器械，擅青鋼劍，晚年精研子午鴛鴦鉞，獨創一派。鴛鴦鉞又名乾坤劍，又名鹿角刀，共兩柄，形似大小兩月牙鉤相銜；本為董海川所創造，近世唯山東省海豐宋異人能用之，係由後天八卦六十四拳，化成劍術。宋異人傳劍於海豐高義聖，高氏現居河北省武清縣，對此劍術頗為祕惜，此為一派。又有先天八卦名家眼鏡程，亦擅鴛鴦鉞，傳之次子程友信；此人健在，年四十八，現在天津，亦未傳徒，此又為一派。張玉峰老拳師，起初始見此劍於程友信寓廬，因求學劍法，程笑而未許，以為先生老矣，先生何苦學此？張老拳師堅欲學之而不得，乃自發奮，潛思冥索，用金鋼錘（金鋼八節）變化，參以八卦掌轉法，竟自創一派。昔趙甌北問詩之聲調於漁洋山人，漁洋靳不肯予。趙乃發古唐詩集，輾轉自尋得之，乃作聲調譜，以發其祕。張老拳師既變八卦掌金鋼八節，以運用子午鴛鴦鉞，亦以此技授徒，廣傳於世。程門劍法，高門劍法，各有獨至，皆甚祕惜；而張氏所自創者，儼然與之鼎立而三。

張先生和易靜穆不甚健談，及逢莫逆之友，述武林逸話，則亦娓娓動人。張先生有「遊歷紀略」一卷，粗述平生，曾持示不佞，乞為作傳，不佞慚不敢承；亦以不佞劫餘病骸，久倦筆札，幸子弟輩傭讀代勞，差免飢軀，愚得竊蘇餘息，輟筆養疾，如釋重負。頃老友左君堅約，命再為馮婦。昔人「時窮而後工」，我則「稿窮而後作」，不窮不執筆，垂二十餘年矣，唯此次在平生為例外，自非窮逼，僅為情迫，因此預料稿必不好，亦必稿不好也。雖然，好與不好乃另一問題，今之所述，與舊作不同者有二點：其一，敘錄七十四歲老拳師張玉峰所述武林舊事，尤多京東響馬逸聞，如佝佝張六輩，至今口碑獨傳，酌加小說點染。其二，改採盡多事實，皆裁成短篇，使自為起訖，其述法略依科南道爾所作「遮那德中佐自伐」，分之則為短篇，合之亦相貫串，由此兩特點看來，勢必獲得第三特點，即是實話不如謊話說得巧，然而，不妨試試看，不好時，另換新篇。

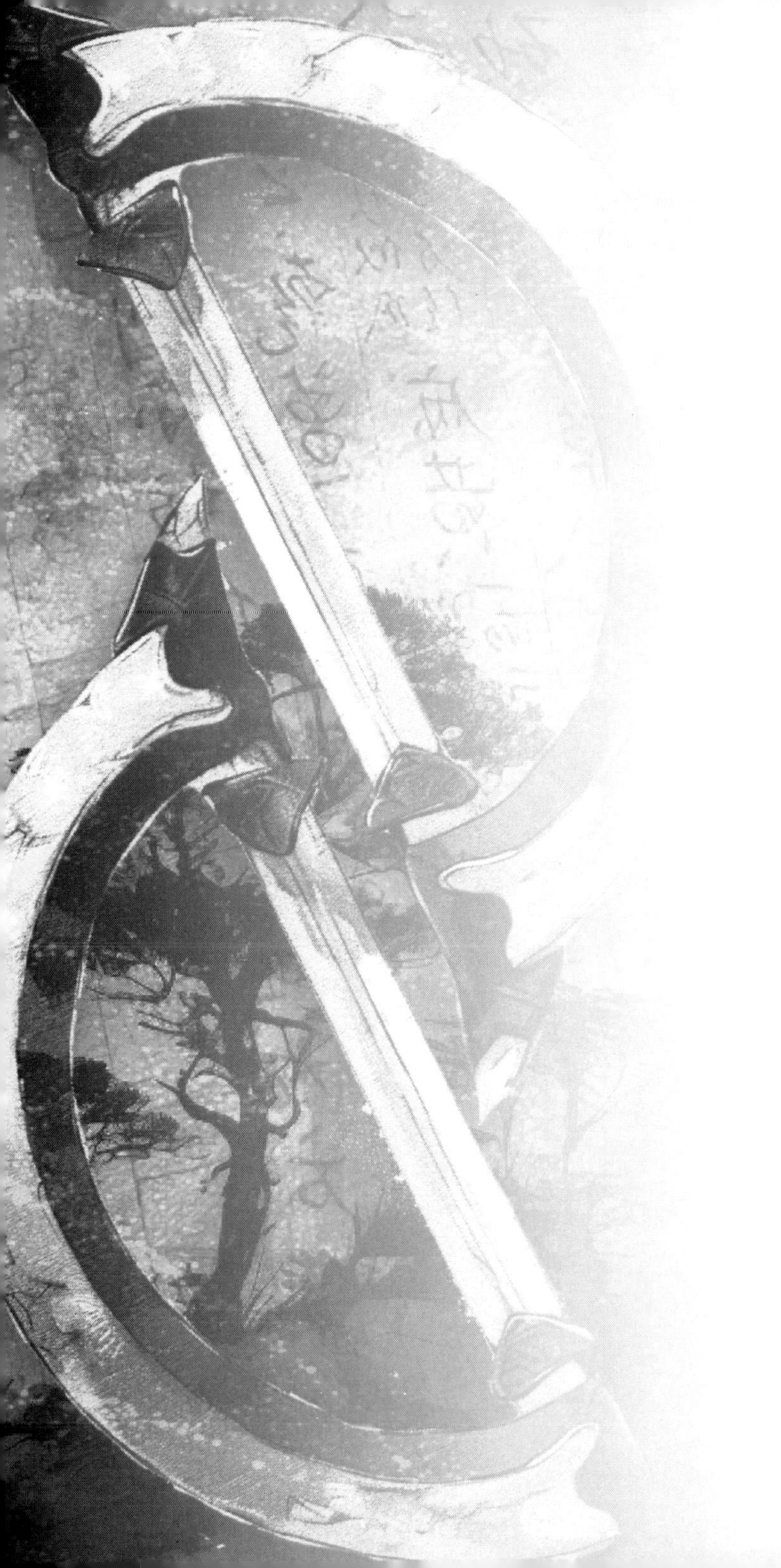

第一章　京城習武塞外作幕

河朔豪氣最濃，舊京兆三河縣，古泃陽地方，自昔尤多拳勇之士。就到現在，當地少壯鄉民，也往往於春秋暇日，躦交相撲，習練技擊，以此頗出了一些名捕劇賊，豪士拳師。清人小說上所描寫的白馬李七侯、李八侯、左青龍、皇糧莊頭惡霸某某（小說化名花得雷，實在並不姓花，今其子孫猶有服官於外者），據故老相傳，不但實有其人，亦且實有其事；只是時代錯誤，並非遠在康乾，實在道光以後。就是拘留縣官的話，也屬實有。卻絕不像小說劇本那樣，要「殺死賊官，免除後患」，乃是他們這些賭徒窩主們倉促認破了前來微服私訪的官，冒冒失失把他軟禁起來，殺既不敢，放又不能，莽漢做事，管前不顧後，弄得群雄聚議，一籌莫展了。末後還是紳士出頭，謝罪賠錢，仍指出一兩個禍首來，算是畏罪潛逃，又雇一兩個替身，獻臀挨打。官自然也懷了投鼠忌器的心，情願胡亂了結，免得掀成巨案。作奸犯科的，也從此稍稍斂跡，此之謂面子事，吏不舉官不究，相安無事者多日。

又有一些人物，如飛行絕跡的佝佝張六，殺人不眨眼的屠戶某某，名捕快雙失目能騎劣馬的宛瞎子，在三河至今猶膾炙人口，可惜還未見有人記載。這些草野人物當日殺人越貨，快意恩仇，未曾不令談者咋舌，然而他們的武器已經漸漸不是匕首飛鏢，而是十三太保，小六轉，換上近代的火器了。那個名捕快宛瞎子，就是在他用密計手擒一個親本家，縛往天津梟首正法之後，因此與賊黨結了深怨。有一天，他往鄰村會友歸來，在他到了家，臨上炕睡覺時，遂猝被霹靂一聲，火光穿窗一閃，擊中了要害，飲彈而死。據說他已然中了致命傷，血流滿床，猶能狂吼下地，撲到水缸前，狂飲了數瓢水，仍要掙扎出去捕盜復仇。但到底沒有邁出門檻，而倒地絕氣了。

今欲敘勝國朔方遊俠兒，誠不欲開倒車，勸人練雙拳，奏三尺龍泉，去鬥一噸重的炸彈，百噸重的戰車。姑特舉子午鴛鴦鉞名手，現獨健在的七十四歲老拳師張玉峰為開篇。猶之乎史遷敘七十列傳，實是為六國百家儒墨名法道兵農陰陽縱橫，九流諸子立言之士垂不朽；若四君養客三千，正是九流的居停主人，其餘秦漢將相是立功的人，也可以作兵家法家看。而史遷先替伯夷叔齊的逸詩作傳，次為管晏二漢家、伍孫二兵家作傳，正是視夷齊管晏伍子胥孫子寫百家之一子，他們全有遺書佚文留於後世，這正是史遷著書寄慨之處。今我首敘張老拳師，張老拳師正是現代的活人，那麼由於他，便可以告訴讀者，練武技的人，可以健身、延年，也可以防身，獨不能做萬人敵。張老拳師給我們做了例證，開倒車之譏，作者或可稍從末減。

七十四歲的老拳師張玉峰，看外表敦厚和易，威而不猛，骨子裡卻有一種鍥而不捨的精神。他要想拿到這個，他就努力去做這個，以至於鋼鐵磨繡針，不拿到不休。這種精神或者就是武術真精神吧。已往的技擊小說，慣好寫衰叟鬥強漢，婦孺敗壯男，恐怕是文人狡獪，或者是道家想「以柔制強」的喻言。道家思想在九流為最後出，太史公談說他集六家之大成，其實只是六國時三晉兵家陰符，燕齊陰陽家生剋訓的調和。常人打過「齒落舌猶在」的比喻，乃是兵法「先人者後人」之一招，若拿來作為處世之方，陰柔小人越發得到哲理的辯解了，那是非常有害。而武術的正統精神，仍當以「鍥而不捨」為貴，才不會誤人走入歧途。

老拳師張玉峰現在津校教拳，他是三河縣人，名樞印，玉峰是字，世居馬房鎮務農。幼年的時候，在故鄉村塾讀書，智力豪壯，鋒芒微露，已為塾師所刮目。清光緒十二年，他的長兄張繼武，投到北京城九門提督衙門服官，乃奉雙親，攜幼弟，遷居京城。張玉峰恰以十二歲的小孩子，來到首善之區了。三河縣民風本來好武，這時京城王府貴家也正盛行躦交鬥拳，王邸中多養著拳師力士，非為護宅實為好奇。草野各宗各派的武師，也趁了這種時候，紛紛入都，求名求利，一逞身手。便是自視較高的武林名手，為了發揚本門技藝，也不惜進京開宗開派，設場授徒。張玉峰趕上這種風氣，又加以往之所近，驀地動了棄文習武之志，遂由其長兄挽人獻贄，投拜在深州徐巷口名武師徐德義（茂齡）的門下。徐德義武師那時正在京城鋪場授拳。徐武師擅各種拳技，尤精彈弓，有神彈之譽。

張玉峰投贄登門，徐武師首先考驗學生的體格資性，以為他骨氣健強，悟性通慧，是可造之才。弟子擇師，師亦擇弟子，徐武師既喜孺子可教，遂將生平技業，傾囊授予；技擊如長拳、金鋼八節，器械如羅成槍、六合刀、纏絲刀、青鋼劍，遠攻之器如金鏢，一一循序傳予這個十二歲的新收弟子，前後凡四年。

張玉峰年力與學業俱進，現在已到達成丁之年，也到了成學之路。徐武師乃情托設教京城的各宗各派武師，遣張玉峰以晚進子弟，挨次登門奏技請益，借此歷練他的才氣膽量，增長他的見益。各派名武師，也就推情關照，各邀高足弟子，和張玉峰下場過招，並不是比武爭強，只是互相切磋實習。這樣友誼比賽，果然獲益匪淺，使張玉峰見到各種拳學，然後知道武林之大。未可以一隅自封，自然要虛心勵志了，而同時又增加了他的自信。張玉峰和他那般大的武林少年，不斷的踏場武拳，各逞身手，大體較量起來，總是他的招熟手快，年紀雖小，膂力頗強，心路應變之才來得很快，一時聲名鵲起，九城武林競傳「徐武師得到一個好弟子！」

甲子年秋，滿洲正白旗人文貴字秀山，擢黑龍江綏化廳理事通判，將要攜眷赴任。那時的黑龍江尚未改省，地帶荒曠，胡匪出沒，沿路跋涉關山，更多險阻，文通判就任之前，先忙著聘請文武幕府西席。掌文案錢谷刑名的師爺，已聘而未定，人人都畏疑道路險遠，不大願意出塞。文通判趕緊又聘請武的西席，須年輕力壯，能沿路保鏢護行，抵任能提戈護宅，出案能協捕緝盜的人物，至少需五六個人才敢上道。文通判很物色了幾天，無如關裡人根本不願出關，歷問多人，到底沒有聘妥。文通判偶然和提署（即步軍統領衙門，俗稱九門提督）友好談及，一時皺眉為難。提督的問官春紹芝，是個旗員，與文通判為世交，因想到同僚張繼武的令弟張樞印，恰在英年，乃是深州名武師徐德義的高足，此刻技成，正思問世，而且初生犢兒不怕虎，做事勇往直前，當日遂和文通判說了。文通判大喜，設小酌，宴請張繼武、張樞印昆仲。杯酒之間，賓主言語投契，立刻聘定，仍請張樞印（即玉峰）代約助手。張樞印即稟賜徐武師，薦偕師弟朱天雄、吳寶華，辭別親舊，同入文通判幕府。三位武西席既已聘定，所有文案錢谷刑名幾位文西席，漸漸放了心，一同入幕，踏上二千里地征途。

這時候京奉鐵路已經開築，尚未竣工通車，由京城出關，走長途旱路，歷日甚久，路程也多顛險。張玉峰隨文通判眷屬起初登程，大約走十幾天，方才到達灤河。現時已架有灤河鐵橋，那時猶然沒有，行旅全仗渡船過河。文通判行抵灤河岸時，恰值奉天巡撫衙門，派遣官弁百餘人，押運靈柩，進關過河，扈從人夫很多；渡船擺過來，再擺過去，由午牌到黃昏不停。河寬流急，文通判一行，在岸邊守候頗久，仍然無船可渡；所有的渡船，都先一步被撫署官弁徵調去了。而且灤河一片汪洋，河西近處無店，文通判的家眷連個坐臥的地方都沒有。前進無渡，就想退到後一站，也日暮途遠，來不及了。張玉峰觀望良久，挺身上前，找到撫署兵弁，以同官誼氣，請他們於放渡空船之際，讓文通判家眷順便坐空船過渡，以免久候之苦，且與撫署行程毫無妨礙。

這要求本來很合情理，一個東來，一個西往，空船讓渡，可算是順水人情。不意該署小隊兵士倚恃著上峰衙門，又恃他們人多，小隊子足有百十號人，居然抗不讓渡，而且聲色俱厲，口出不遜之言。「小小通判也敢爭渡？」張武師正在少年氣盛之時，已經蘊怒，但仍納著氣說：「您諸位請看，我們敝上拖家帶眷，在這裡等候多時了。若是我們，就等到明天，又有何妨？無奈裡面還有夫人小姐，僕婦使女，女眷們在河岸露天地裡坐候，太不方便了。您再瞧，天色太晚了，轉眼天黑，我們實在是進退兩難，往前趕，沒有船；往回趕，也返不回店了。」再三再四地商求，又說道：「全是官面上的人，何苦放著河水不洗船？做個順路人情？」這幾句話不知怎的，觸動對方之怒，竟變了臉，始而惡語相侵，繼而挽袖子、攥拳頭，拿武力恐嚇，要把張玉峰嚇退。眨眼之間，十幾個隊丁蜂擁進迫，把張玉峰三面包圍，只給留下後退的路，拳在頭頂上比來比去。

張武師憤不可遏，抗聲詆斥。張武師的同門師弟朱天雄、吳寶華見到這情形，急命扈從、僕弁保護官眷，朱、吳二人立刻趕到包圍圈裡面，剛要幫話，對方已然猝下毒手了。七八雙手齊照張玉峰打來，張玉峰大喝一聲：「幹什麼動手？」立刻施展師門拳技，先往後一退，再往前一撲，猱身而進，用拳術打倒了最先下手的兩個兵士。朱天雄、吳寶華也在同時側身衝入圍陣，三個人背對背往外開打。只經過了一杯熱茶時，十幾個小隊子少壯兵士都東倒西歪，有的倒地不能起，有的被踢出很遠，有的被打到臉上，鼻涕跟淚橫頤，睜視不開。

事情擴大，驚動長官。那個隊官登岸查問，也知道文通判這個人，於是叱退幕卒，並允讓渡東岸。

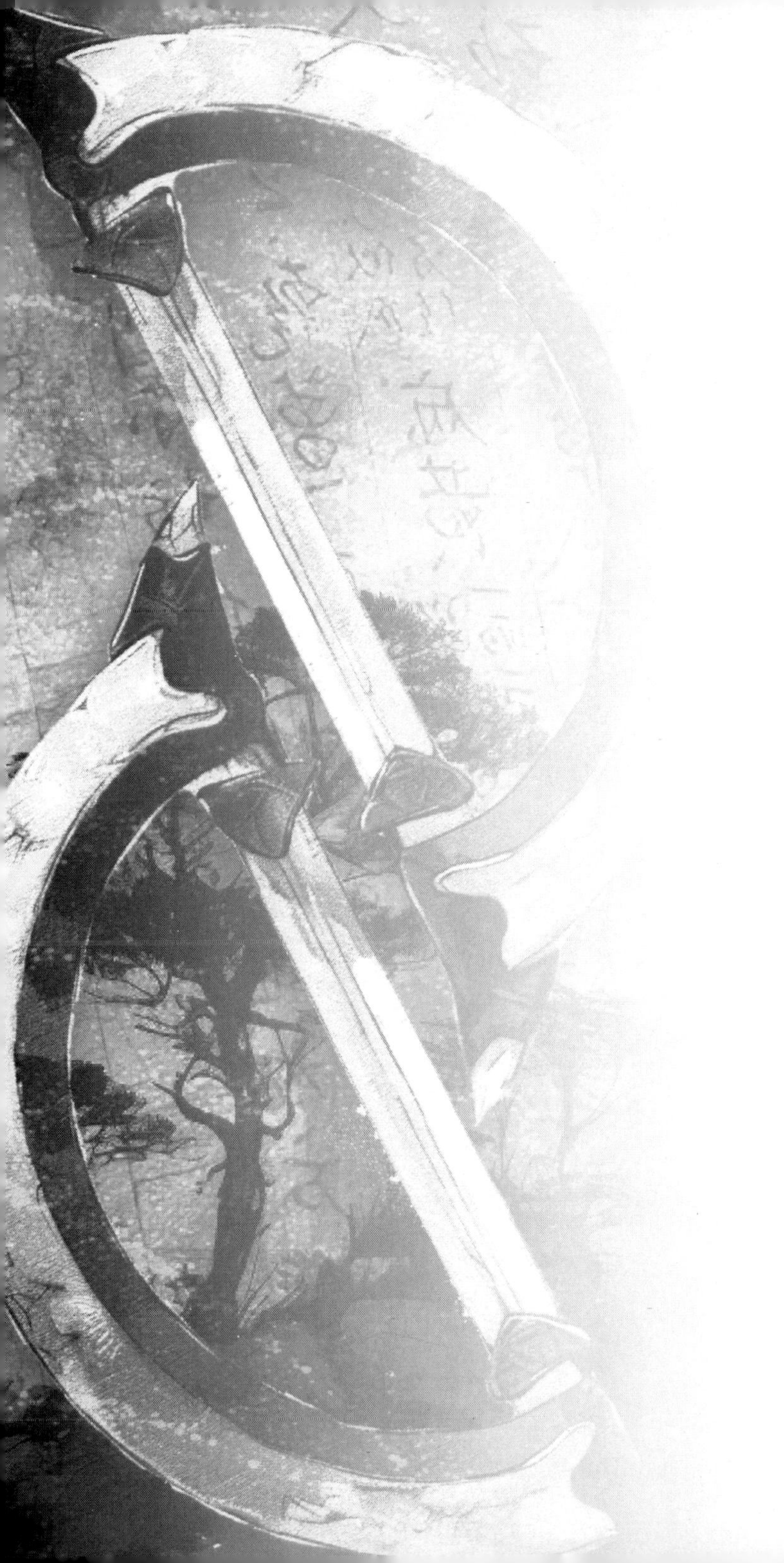

第二章　夜襲荒山捉東方一霸

灤河爭渡以來，繼續趲程，千里長征，車船店腳的爭執，都費唇舌，也靠臂力。終於文通判一行先到省城報到驗憑，平安轉抵綏化廳上任。這綏化廳在黑龍江省會卜奎城以東八百里，一片荒地，人煙稀少，住民差不多盡是關內流民，在那裡開墾尋金，因此在當年頗有作奸犯科的強悍之徒，夾雜在開荒的良懦難民之間，更有胡匪三五成群的出沒。移民在那裡落戶的，都把自己的房子築成堡壘似的院牆，而且家家戶戶都備有火器，用來打獵防盜，這情形是關裡人沒見過的。

文通判是旗員，生長首善之區，膏腴之家，早忘了他的遼東故鄉風味了。這綏化廳竟沒有磚城牆，只有三里地見方的土圍子城垣，內衙前衙，大堂二堂，班房庫房，因陋就簡，也都是草築泥砌的房。文通判彼時的心情，頗有於成龍初到南服的況味。蠻想勵精圖治，振作一番，沒想到如置身絕域，十分蒼涼。接篆視事不多幾天工夫，竟連接二十七紙呈文，狀告土棍葛鳳祥搶男霸女，奪產訛財。那呈文上居然給這葛鳳祥捏上一個厲害的綽號，叫做「東霸天葛天王」！其實正是舊日刀筆訟棍所掉的槍花，所謂無捏不成辭，人若有了外號，好像在輿論上先定罪了。但這葛鳳祥的為人，狀子上的話，並不算冤枉了他。他這人真好像公案小說裡的惡霸。

文通判是個幹員，原曉得刀筆訟棍的把戲——無揑不成辭。因此他不肯魯莽。他把這些呈文一一詳閱，待與幕賓商量。先在字句間，審核案情的虛實，次命隸捕訪問民間真正輿論，又傳請當地紳士假他事諮詢，暗中套問葛鳳祥的為人到底怎麼樣？可惜綏化廳沒有什麼紳士，傳來傳去，只請到一個老秀才，一個燒鍋的東家，一個雜貨店的掌櫃，和一個退職小武官。和他們談了一回，繞彎子打聽葛鳳祥。這幾位紳士詞涉吞吐，無形中已供出，葛鳳祥是紳士們惹不起的人物。跟著親信使役也祕來稟報：「葛鳳祥起初也是個墾荒的地主，後來暗通胡匪，替胡匪做窩主。他的外號的確叫東霸天，卻不叫葛天王，他家本住在土城東邊，現在他另有莊園在疙疸山，地勢很險阻，他公然結夥打劫過往行旅。搶男霸女的話，並不算誣衊，七八年前，他曾強娶鄰家蔡某的甥女為妾……」

罪狀訪問屬實，文通判吩咐：「拿！」當派餘慶鎮經歷徐子英，率捕捉拿東霸天。不知怎麼一來，東霸天葛鳳祥先期得了信，徐子英率二十多人撲到葛鳳祥家，老葛家已經成了空堡。

他的本人和他的妻妾羽黨，早兩天突然移到疙疸山莊院去了。

疙疸山有他的山產，他不住東鄉，必住疙疸山。這疙疸山在靠青山前面，長林豐草，易進難出。徐經歷率二十餘人，衝到疙疸山。山莊守望的，正是葛氏死黨，假裝糊塗，拿徐經歷當土匪，公然發出一排火槍，打得人人不敢上前。耗到日暮，葛鳳祥的黨羽成群結夥，從四面開火，大喊著拿賊。徐經歷慌忙退回來，安下眼線，以匪黨糾眾抗官拒捕，報告了文通判。

文通判赫然震怒：「這不是要造反嗎？」立命師爺備文，札調鎮邊軍剿匪。掌稿師爺忙說：「東翁請斟酌一下！」朝廷惡叛，官軍諱匪，案情鬧大，不易收煞。師爺勸文通判，面見鎮邊軍統領伊崇阿，只說調一小隊兵，協助辦案拿賊，不要用剿匪字樣，文通判點頭默喻：「先生高見，我當照辦。」就這樣一做，果然伊崇阿欣然答應協助，派協統穆金阿，率軍二百名，協同緝賊歸案。張玉峰拳師當然請纓，恐怕鎮邊軍是客情，辦案或不得力，請准了文通判，邀了得勝鏢局主人楊廣文，作為幫手。張玉峰乃率師弟朱天雄、吳寶華，精選精強捕快，於夜間潛進疙疸山。

鎮邊軍二百名大兵，由打四面，把疙疸山包圍。張玉峰、楊廣文、朱天雄、吳寶華，四位拳師，和兩個會技擊的班頭，帶著十來個幹捕，撥草穿林，走狹徑僻道，首先摸到葛鳳祥的莊院後牆。張玉峰、楊廣文在牆外側耳竊聽良久，時已將近四更。兩人慢慢爬上牆頭，又悄悄跳下牆頭，把後門偷開了，把夥伴放進來；只留下兩個人在外巡風，仍把後門虛掩了。張、楊二人鼓勇尋索過去，進了兩道院，到一座連七間的北房前面，發現屋中有燈亮，正是葛鳳祥睡覺的所在。東霸天葛鳳祥正同一個女人，躺在土炕上，吸鴉片菸。八仙桌上放著小六轉，十三太保，牆上排著兩桿大抬桿，這都是清季的火器。

張玉峰、楊廣文手持小槍鐵尺，由窗縫往裡偷聽偷看。葛鳳祥在屋裡噴雲吐霧，那個女人和他對面躺著。兩個武師窺伺多時，屋中人沒有覺察，原想耗到葛氏夫妻入睡，再進去掩他不備。哪知葛鳳祥俾晝作夜，看光影吸菸到天亮。二人忍耐不住，互相知會，料到帶來的人都布置好了，便由張武師舉手叩門，「吧，吧，吧！」楊廣文藏在門那邊，張玉峰站在門道邊。

吳寶華、朱天雄釘上來，站在紙窗前，就是張、楊原立的那個所在，吳、朱兩人覷著眼往裡看。

葛鳳祥愕然坐起來，手中還拿著菸槍。叩門聲一連三下，葛鳳祥說：「誰呀？」外面不回答，又敲了一下門。葛鳳祥放下菸槍，穿上鞋，眼睛不由往窗紙上看，仍問道：「誰拍門，媽巴子，什麼人？」張玉峰仍不言語，仍在叩門。楊廣文是四十來歲，正當壯年，有閱歷的武師，變著口音答了聲：「是我呀，當家的，您哪，出來看看，山那邊有亮。」葛鳳祥好像一驚，不知是為山邊有火亮，還是為了口音生疏，他竟一探身，抄起八仙桌上的小六轉，又端起桌上的油燈，側身舉步，吩咐那女人給他開門。那女人很年輕，並答應不肯走在葛鳳祥的前面。

葛鳳祥罵了一聲：「媽巴子的，給你燈，怕啥？」於是他一手提六轉，一手去開門。女人端燈在他身邊晃，似乎心懷怯懼，葛鳳祥又罵了幾句，終於一男一女來到屋門邊，嘩啦一響，拉開了門閂。

張玉峰是由暗窺明，葛鳳祥是由明窺暗。葛鳳祥方在攏眼光，張玉峰手疾招快，已然猛撲上去。葛鳳祥隨覺形勢不對，提嗓音喝了一聲：「誰？」順勢把小六轉一順。張玉峰急急地一側身，手中的鐵尺驟落下去。轟然一聲，手槍開了火，卻又吧噠一聲，立時落了地。張玉峰掄兵器上步，再往下砸。葛鳳祥驟遭急襲像受傷的野獸，並不退縮，反而迎上去。兩個人登時扭打起來。那女子駭叫一聲，端著的油燈，失手摔在地上，油濺火熄，全院昏黑。張玉峰、葛鳳祥全都跌倒，楊廣文、朱天雄、吳寶華一齊上前。經過了猛烈的掙扎，葛鳳祥到底被擒。

他還要大聲吆喝，朱天雄最猛最愣，調過刀來，照頭頂砸了一下，登時這個土豪被打悶過去。那個女人逃到屋裡怪叫，得勝鏢局的楊廣文急忙追進去，不管屋中有無埋伏，用黃鶯托嗉，把這女人擄住，低聲威嚇她，不許她喊。這女人是葛鳳祥的愛妾，張玉峰忙說：「碼上她。」連葛鳳祥都反縛了，嘴上都給他吃上麻核桃。

猝出不意，掩捕成功，但是免不掉有了動靜，由打前面黑洞洞的屋裡躥出兩三條人影，似乎剛一露面，又縮了回去。吳寶華登時瞥見，忙說：「不好，留神！」張玉峰忙指揮潛伏暗處的各同伴，留看差的四個人，餘眾立即分路搜捕，自然先奔前面屋。有幾個人抄後路，從旁邊繞過去。有幾個人彎了腰，循牆貼壁，搶那前面的堂屋門。得勝鏢局的楊廣文最年長持重，恐怕同伴受傷，忙提出一桿火槍，向對面屋窗放了一下，只打高，不攀低，意在以虛聲驚人。張玉峰也把小六轉一挺，吧吧吧，連打了五槍。所有武師和捕頭齊聲大喊：「拿賊！」要犯已然成擒，這是拍山鎮虎，利用賊人膽虛，打算把匪黨嚇出來，再兜拿。

不料這東霸天葛鳳祥的手下，頗有悍賊。葛鳳祥在地方上本是一個牌頭，暗中與胡匪勾結著，現在潛伏在他家中的，就有梟強的胡匪，並且白日已與官面打過交道，他們已存戒心。

眾捕快分兩面來搜前面屋，捕盜的官人開了火，前面屋中的匪人居然拒捕，也開了火。這些有名的匪徒，全被堵在前面屋裡了，並且在這莊子外圈，還有葛鳳祥的下手，有的踞守山坡，有的潛藏林叢。他們都是非常膽大，卻又非常膽小的莽漢。恃眾就氣可包天，慮患又遲疑得可憐。

莊院裡面開了火，外圈守望的眾匪登時惶惑失措，由外圈的外面包抄過來的鎮邊軍，此時也已聽見動靜，登時放了幾炮，銅號連吹，二百名兵齊喊殺，在夜靜時，空山傳聲，聲勢十分驚人。外圈的匪人竟不肯回援老窯，反而紛紛潰散了。匪人摸著黑奔躥，官軍摸著黑開槍，乒乒乓乓亂響。匪人猜知官軍大隊來到，越發地各不相顧，白晝拒捕的勇氣此刻一點也沒有了。獨有莊院內，堵在屋內的那幾個悍匪，像神槍手高福、潘四閻王之流，眼見官人襲進窯內，分明聽見外邊號炮連響，他們驟然驚醒，起初還想突圍逃走，可是轉眼之間，竟陷到困獸猶鬥的境地了。他們在屋內睡覺時，一共六七個人，首先驚醒的，是賓士阿和金帽纓子，跟著神槍手高福也醒了。賓士阿是頭一個聽見槍響，跟著聽見葛鳳祥夫妻的吆喝。他說：「不好，奸細進來了吧？」翻身坐起來，推翻了金帽纓子。兩個人傾耳一聽，果然外面聲息不對。兩個人蹬上褲子，赤膊下地，把夥伴亂推了幾把，迷迷糊糊一齊外闖。被塞外寒風一吹，登時清醒，不覺又躥回去，這才忙著摸火器，找刀子。

那神槍手高福是有名的善使十三太保（十三響的舊式大槍）、小六轉的悍匪。他本是獵戶出身，他專好打槍，因此手槍總不離身；他的小六轉臨睡時就壓在枕頭底下。他忙忙地躥回來，頭一把摸著他的手槍，跟手這才抓棉襖。那潘四閻王是個關內的強盜，因案逃到關外的，他對於拒捕潰圍，好像有點經驗。夥伴告訴他：「不好了，奸細進來了！」他登時一翻身，先穿上褲子繫上腰帶，赤足穿鞋，披上皮襖，立刻瞎撈一把，撈著一件兵器，立刻他就跳上炕，踢窗往外躥。陡然怪號了一聲，整個地栽出去，不料這窗外正好潛伏著捕盜的人。他的一條腿剛踢出去，便被人狠命一揪，直摔到外面，順手又給他一刀背，潘四閻王遇上了吳小鬼，活活遭擒了。這吳小鬼就是綏化廳的一個捕頭，為人鬼頭鬼腦，是順天府霸州的人，居然露了一手，並且說：「相好的，這官司你打了吧。」潘四閻王並不夠味，反而怪叫起來：「哥倆，我教他們捉住了。」

潘四閻王在窗臺上栽了跟頭，賓士阿、金帽纓子全都聽見，越發心慌，他們倆還想奪門逃走。神槍手高福忙說：「夥計，拚命吧，別妄想逃生了！」催他們兩人趕快開槍，扼守屋門。他自己跪在土炕底下，只露出半個臉，把火器架在炕沿上，對著已踢開的破窗洞，連連開槍。捕盜的人幾次衝進，都被打退，竟沒人能夠上前。

這時屋中群賊全都驚醒亂躥亂叫，找兵器，要拒捕奪路。

張玉峰喝命師弟，往窗裡開槍還擊，又悄悄地循牆貼壁，往窗根湊，卻是蛇行鶴步而進，湊到合適尺寸，突然把一個火把，穿窗投入屋內。這樣一來，我暗賊明，襲擊自然也容易瞄準。

他們捕盜，最要緊的是活擒歸案，除非是賊黨拒捕太甚，總不肯「格殺勿論」。因此，縱把匪徒堵在屋內，一霎時虛實未明，仍未能一網捕盡。並且這一窩幾乎全是悍匪，經神槍手高福大聲連喊，人人從夢中驚醒，明白過來，出屋就得受傷遭擒，不出屋也要掏窩堵，這場官司遲早脫不開。那個賓士阿就怪叫一聲，從屋牆摘取兩桿火槍，乒乒乓乓，亂放起來。

金帽纓子本名叫金茂英，這個人五大三粗，看外表像老虎，骨子裡色厲內荏，借刀殺人不眨眼，遇見事頂沒膽子，此時他渾身抖摟起來。塞外天氣本來寒，夜半乍起，連牙齒都錯響；他也抄了一根十三太保，兩手抖得開不了門。

這工夫火把落在土炕上，燃燒起來。炕上還有一個匪人，正在被窩裡張皇，登時嚇得連人帶被滾落到地上。神槍手高福說：「不好，快抓！」夥伴不中用，自己忙探身要抓，陡然間外面一陣喊拿聲，槍彈如雨般打進屋來，屋內的自鳴鐘、帽筒、茶壺茶杯，叮叮噹噹全碎。神槍手險些中了槍，縮手藏頭不迭，忙改用火槍，將火把撥落在地，卻是土炕上的皮褥子棉被已然燒得冒煙，破窗格上的殘紙也冒了火。滿屋灌滿火藥氣息，泛起縷縷黑煙；屋中漆黑，抵面看不清人的臉。但是屋中的情形已被外面看透，神槍手的火槍每一開火，便有一圈火光一閃。

張玉峰等料知屋內不足十個人，忙大聲叫：「相好的，出窯吧，官司打了吧。槍子沒眼，打死更冤！」旁人也幫著喊，教群匪拋械受縛，免遭橫死。「官司自有姓葛的頂著，姓葛的已然被捉，用不著給了拔闖呀。」喊得儘管凶，屋內拒捕依然猛勇，神槍手高福已和另一個悍匪合了手。這人的名字已經忘失，是高福的盟兄，是個行使假銀子的匪徒，從炕上滾下地來，高福忙叫：「老大給我裝槍。」這人登時領悟，彎著腰摸來一掛子彈。神槍手不住手地開槍，放完這一排子彈，立刻放下這桿槍，端直那桿槍；這桿槍子彈沒等放完，幫手早把頭桿槍又餵好了。兩桿槍來回地掉，一放一裝不住手，一放一裝不住聲，外面的官人也就不能硬往裡面闖。

張玉峰喝道：「砸門！」楊廣文也喝道：「砸窗戶！」猛然大震了一聲，屋頂沙沙落土，屋門仍未砸開，屋中的賊不由隨聲駭喊了一聲。跟著又大震一下，屋門閂得嚴，也禁不住繩悠巨木硬撞，已經岌岌欲倒。忽然有個賊失聲叫娘，正是金帽纓子金茂英，似乎是掛了彩，自覺力竭欲降，又似乎是為勸降的話所動，認為抵抗無用，他就忽向屋裡跑，突又折往屋門口上蹭，衝外面低聲說了幾句話，這話竟被夥伴王金山聽出來，王金山急頭暴臉地詰責道：「媽巴子，金帽纓子你要幹啥？」金帽纓子不答應，側著身子奔門口，彷彿要拔門開門，又猶豫不敢伸手。就在這時候，外面又咕咚地大撞了一下。金帽纓子料到這人是在外邊，運木石重物來撞門，門若被撞開，那就算當場被逮了。金帽纓子猝叫道：「等等撞，等我給你們開，你們可得替我免罪，沒有我們的事。」

王金山大怒，厲聲罵道：「好你個金帽纓子，你要獻窯哇？」金帽纓子柯柯地說：「我我我……」王金山竟往前一上步，照他背後狠狠扎來一刀，登時慘呼一聲，撲登地栽倒了一個人。那神槍手高福全副精神用在十三太保槍上，堅拒官人，不令其入。那個對手竟聽見王金山厲詰金茂英賣窯門的話，他正要裝好一桿槍，他說道：「好哇！」就把這槍桿一順，槍機一扳。乒的一聲響，不幸金在前，王在後，這一彈從後打倒了挺身欲刺叛人的王金山。倒勢很猛，刀鋒續進，金帽纓子也同時閃一閃身，栽在一邊。

兩個人先後跌倒，相隔只在一轉瞬間，王金山哎喲一聲爬起來又摔倒。金帽纓子只被刀鋒劃了一下，一骨碌跳起來，拔閂開門，向官人投降。有許多話要說，說明不是歹人，他也沒有拒捕。他還要表功，表明他這開門延進捕快之功，他為的是將功贖罪。但是官方沒人肯聽他那些嘮叨，也沒有工夫聽，聽了也沒有用。他剛剛說：「諸位老爺們別打，我領你們……」

還沒有說出領他們做什麼，早有一把鐵尺砸在他的肩膀上，跟手又踢他一腳。金帽纓子打了一溜滾，官人把他捆上，他怪嚷著表白：「老爺們別拿錯了人。」立刻又有人給他一隻麻核桃，教他別說話，他這才不說話。

官人趁這機會，搶攻屋門。神槍手高福竟兇猛異常，把十三太保一調向，對準了屋門，吧吧吧，一連數下。官人這面登時有兩個受傷，餘眾趕緊退了回來。流彈橫飛，神槍手的同黨王金山，剛剛掙扎起來，又受了第二次的誤傷，倒地不能動彈。這屋中只剩了神槍手兩個賊。這時候，鎮邊軍掃蕩外圈的匪徒，已奏全功，漸次合圍，攻進山莊來。捕快和武師們搜捕莊內餘賊，也漸次肅清，在別的屋續捉住了幾個歹人。合計捕獲匪徒已受傷未受傷的二十餘名。

獨有這個神槍手高福，和他那個幫手，區區兩個人，倚仗著兩桿火器，三四袋彈藥，蹲在屋內土炕後面，負隅死抗，仍未落網。兩個人抱了拚命的心，決計不肯束手就擒。官人只一探身，他便吧的一下。他的槍法實在厲害，可以說百發百中。

若只有一桿槍，裝子彈來不及，官人還可乘機襲入。就是只有兩桿槍，發得子彈多了，槍膛必熱，那時也可以硬闖進去活擒他。偏偏百忙中，他把屋中火器全弄到手底下，子彈也很多，又有一個幫手給他裝子彈，他的連珠槍竟得很自如地施展開。

這時天色將明未明，鎮邊軍的銅號聲越吹越近，已然由屋外將包圍圈縮小，闖進二十多個官兵，協統穆金阿眼下就要進莊。

案子還沒有辦俐落，張玉峰武師和兩個捕頭，都焦躁起來，幾次想冒險進撲，都搪不住神槍手的火器，師弟朱天雄出了一個主意：「拿火燒他媽巴子的！」

這法子既妙且毒，眾人齊聲嘩贊，但轉念一想，捕快頭一個說：「不行！燒死了差使不好交代。」鏢頭楊廣文也說：「官面放火，太不像話。」又有一個人出主意，不拿柴禾燒，硬拿柴禾堵：「把媽巴子的堵在裡面，我們再進去掏活的。」但是塞外樹木成林，燒火多用劈柴木塊，荒地深過人頂的野草，都放荒燒了，沒有人打草放在家裡的，因此，倉促沒處去找柴禾。

經這些人前後搜了一遍，只找到餵馬的草，數量又不多。這工夫，斜堵著門窗，仍有官人往屋裡開槍；屋裡的神槍手仍舊咬牙切齒，瞪紅了眼珠子，往外還打，掛綵的官人已有四五個人了。所幸那時的火器並不十分銳利，除非打著頭腦心房，輕易不致就死的（據說那小六轉，對著胸口放，竟沒有把人打死，因為是在冬天，被打的人穿著鹿皮馬褂，老羊皮襖，雖人體腔，故此僅負重傷，並未殞命）。這些官人十分著急，立刻動起手來，要往屋內拋柴草。

少年勇敢的武師和捕快，聚了七八個人，一人提了一捆草，借牆掩身，湊到屋門口和窗戶洞前面。剛剛投進一兩捆去，神槍手高福登時識破官人的用意，破口大罵起來：「你們想堵太爺，你們那是妄想！我教你們堵！」乒乒乒乒，連發了數排槍，槍口接連掉方向，又把官人打得倒退。官人登時又想出主意來，搜來木板木凳，往屋裡砸。剛剛砸了幾下，神槍手突然從炕沿底下躥出來，躍登土炕，槍口擺在窗眼，身子隱在窗臺後，吧吧吧，又是一排槍。官人索性不能挨近屋前面了。

他的槍驟然像雨點似的猛打了一陣，官人被迫都退到兩旁，不敢正當對面了。張玉峰武師憤怒已極，突然得了一個計較，忙和鏢師楊廣文點手，把兩位捕快也叫過來，兩個師弟自然也湊到一起，五人祕議，頃刻商定。

這工夫，天色已亮，對面可以看出人的面貌來。張玉峰和楊廣文鏢頭留在後面。師弟朱天雄、吳寶華率領官人，各持火把乾草，做出要放火的樣子。

捕班班頭，快班班頭兩人，率領手下，把東霸天葛鳳祥兩口子綁出來，就拿他兩個人做了擋箭牌，站在屋對面斜掉角牆根，扯喉嚨向神槍手發話：「相好的，喂，你停停手，別招呼啦！你很夠味，可是你跑不開了，這場官司，你總得打。你能夠總不出來，招呼一輩子嗎？早晚我們也得拴上你。好漢子要識相，我說喂，咱爺們交一交，你趁早把磕子（火器）扔出來，是朋友就得當朋友待，我弟兄管保教你吃不了虧。」

官人的槍聲暫停，柴禾火把比比畫畫，要下毒手放火，一時也攔住。二位班頭高喊勸降，其餘的人也敲邊鼓。再看屋中的神槍手高福，將槍口掉轉，對著斜掉角的牆根兩個捕快立腳處，瞄起準頭來。有個眼尖的人瞥見，急口地喊：「留神槍！」

吧的一下，破空一道煙，一溜火光，這發話的捕頭慌不迭地一矮身，本來立在葛鳳祥夫妻兩人的背後，由人縫中，兩個肩膀頭上探頭；槍口一轉，嚇得他趕緊蹲在葛鳳祥的屁股後。摸了摸自己的頭，狐皮帽子的飛沿打穿一個洞，驚出一身冷汗。那個沒有發話的捕頭，原也隱在匪首的身後，在開槍的同時，一個箭步，竄出老遠。只有葛鳳祥夫婦，當然也嚇了一大跳，都捆住了，戳在那裡不能動，女人發哼，葛鳳祥也哼哼。官人一齊譁然大罵不休。

這發話的捕頭險些送命，更怒罵得凶。不過按原來密計，並不打算鬥口，張玉峰急急地噓唇作響，向兩個捕頭打手勢，「照計而行，不要為這一槍，變了算盤珠。」兩個捕頭相對齜牙，罵罵咧咧，撮弄著要犯，往偏遠地方挪，把防彈的架勢擺好，再向屋裡叫：「喂，神槍手姓高的，別傻幹了，這不是非要命不可的案子，幹啥你非要拒捕不可呢！拒捕傷官，可是掉腦袋的罪名啊，夥計，你犯得上給姓葛的頂頭炮嗎？你這麼幹可是給你姓葛的朋友加重罪了！」又從背後，搗了葛鳳祥一拳：「姓葛的葛朋友，你別裝傻，你也吩咐一聲啊，你別教你們的夥計胡搞沒完啦？看看天，多早晚了？再打有什麼用？再說你自己玩的把戲，你自己還不知道嗎？你沒犯死罪，你怎麼一定要往拒捕造反的案情上擠呀？好朋友聽人勸，趁早教你們高夥計，扔出磕子來，咱們一同歸案打官司去。沒有打不出來的官司，你們不是那個事。裡裡外外有我哥們呢，準得好好照應你們幾位就是了。」

這樣說勸，葛鳳祥只是哼，不說話。捕頭又搗他一拳，那另一捕頭說：「哥們，別別……你教他說話，你可把嘴裡的核桃掏出來呀！」這捕頭恍然大悟道：「忘了這一手，丟人！」忙給葛鳳祥掏出堵口之物。葛鳳祥略略喘過氣來，就瞪眼發話：「我犯了啥罪？」捕頭又向他說：「你是頭牌，怎麼說這傻話？牌票上寫得明白，你只把你們高夥計叫出來，我們自然跟你好話好說。」

葛鳳祥先要求官人，把他的愛妾堵嘴之物也掏出來，官人照辦了，他果然依言向神槍手勸降：「高老弟，真有你的，哥哥我承情不盡了。你快住手交槍吧，這場官司有我呢，我頂著頭打。我可沒殺人，又沒放火，又沒造反，拿我幹啥？咱們廳裡說話，你們哥們別來這一套。」末句話是向官人甩腔。隨後又說了一些不含糊、不在乎的話，教神槍手別打了：「把磕子扔給他們，咱們跟他們上廳。」

神槍手高福猶疑不決，從窗眼露出半個頭，一隻眼，往房外一張，打三面一瞥，立刻又縮回去。這工夫，鎮邊軍陸續開進莊院來。協統穆金阿仍在莊門前，騎在馬上，盤旋巡視未下，裡裡外外動靜很大。神槍手又探出頭，盯了葛鳳祥一眼，要從眼神上，探測首領的真意，到底他這勸降，是無奈何的真情，還是被逼迫的假話？相隔稍遠，又偏著身子，只看見葛鳳祥半個扁腦勺，一個眼珠子，神情意態看不出來。到了這分際，官人好像很焦急了，實情也是耗得工夫太大了，人們亂喊亂叫，催神槍手交槍：「再不交槍，就要用火攻之計，教你嘗嘗。」有人傳出一個暗號，柴禾火把又開始往屋裡投，柴禾先投進一捆，卻在投擲時，故意弄散了捆，亂草橫飛散落之下，緊跟著又投入點著的火把，只略差一樣，火把乾燒沒沾油。就這沒沾油，人也受不了。

神槍手心頭小鹿往上一撞，暗叫：「壞了，這一手！」忙推助手，兩人一齊用槍頭往外挑，又用東西砸，仍苦來不及。神槍手急急換用左手槍（他雙手會打槍），左手托定小六轉，右手抓起火把往外拋，吧吧吧，一面救火，一面開火。

神槍手鬧了一個手忙腳亂，更糟的是外面儘管有人照舊勸降，卻已重新開始往屋裡放槍。不過這槍瞄得很低，僅僅打透窗臺以下，乒乒乓乓聲中，簌簌地落土，好像要把窗臺打透。

又夾雜著柴禾火把，繼續往屋裡扔，落了他一頭草，火近攻，槍遠打，上下兩頭忙，這也須防，那也須防，神槍手高福畢竟是硬漢，雖然漸不能支，拚命招架著，仍不服輸。他的幫手低聲問他：「怎麼樣？支持不住了，出去吧！」他看了看袋中子彈，還沒有消耗一半，他又一咬牙，發狠道：「打完了子彈，再去送命也不遲！」一個人拒住了這麼多官人，他真有些賣味，澀著喉嚨衝外面嚷：「當家的，別管我，我的槍膛沒炸，我至死不交槍。相好的，死了那個心吧。」末一句話衝著捕盜人等說。

捕盜人等了一聲號，一排槍彈驟如狂風暴雨，往裡面猛打，點著火苗的碎柴禾，漫散開往裡灑。神槍手和他的幫手趕緊招架，亂草幾乎圍在他的頭頂上，他亂撥亂打。圍著屋子槍聲轟轟，震耳欲聾，煙硝瀰漫如霧；神槍手避彈躲火，頭暈眼花，就在這一陣忙亂中，突然間草蓋的屋頂破漏一個大洞，忽隆一聲響，神槍手急忙仰面抬頭。遲了！飛將軍自天而降，屋椽橫飛，灰土進落，草舍像要塌，其實只有一塊單扇門板砸下來。跟隨門板，還跳下一個人，跟蹤又跳下一個人，又一個人。

神槍手被拍在門板下，砸破了頭皮，奪去手中的槍。他的助手迷了眼被踢倒，也被擰腕子捆上。這自天而降的飛將軍，就是洵陽武師張玉峰，和得勝鏢局楊廣文鏢頭，跟蹤而下的，還有張玉峰師弟朱天雄。喊了一聲號，外面槍聲頓住，火把停扔，眾人一擠而入，踏滅土炕上的星星欲燃之火，直字大綁，把神槍手高福，和他那個失名幫手一齊架出來；連同東霸天葛鳳祥、金帽纓子金茂英、賓士阿、王金山、潘四閻王，以及其他副賊夥匪，共擒獲二十餘名。算起來捕快和官軍各捕得十幾個。在牌票上指名逮捕的，不過他們六七個人，於是逐個點名，教眼線一一認確。然後又驗傷，搜贓，緝逃。

鎮邊軍協統穆金阿帶隊進莊，入室，升堂驗犯人，點姓名，略略訊供，把內外剿捕的人犯，會在一起，押在一屋，鎮邊軍二百名官兵，布開了防，由哨長帶領，續往山地上排搜，恐有在逃人犯。直辦到過午，因要犯已獲，這才徵調車輛，排隊起解。敲起得勝鼓，吹起銅號，浩浩蕩蕩，始入綏化廳土城。綏化廳文通判，接到快馬飛傳來的捷報，親自跨馬到城門外，迎接協統，延入官衙，擺慶功酒，犒賞所有出力拿賊之兵弁衙役人等。張玉峰替文通判做主人，單擺一桌酒，酬謝助拳的楊廣文鏢頭。

慶賀已過，次日開審，文通判按著那二十七張狀紙上所指控的情節，逐件訊問起來，東霸天手下的黨羽多半據實招承，有些悍匪更昂昂的賣味，問什麼，認什麼。不過是一顆七斤半的腦勺，爺們賣了，請堂上願意定什麼罪名，就隨便寫什麼罪名。神槍手高福就是這樣的招法，賓士阿也不含糊。

只有罪魁匪首葛鳳祥，咬緊牙關，挺刑不招。搶掠人口，壓根兒沒有這回事情。強買地產，那是對方情願賤賣，他們要回老家，故此把荒地折給牌頭。至於潛與胡匪通氣的罪名，他供的話更是強硬，這是官府保護良民不力，一任胡匪入境，成幫胡匪槍多人眾，哪一個村鎮，哪一家地主敢抵抗他？「我們關外風氣從來就是這樣，匪人前腳來，我們得提心吊膽地拿供奉，要牲口給牲口，要錢要菸土，就得給錢給菸土。官面後腳到，也是提心吊膽照樣拿供奉，抓車給車，要人夫給人夫，哪一方面伺候不到，哪一方面都要找尋我們當牌頭的毛病。得罪官面，不過坐監，得罪胡匪，他們要燒我們的房。若說通匪，我們綏化廳都得算窩主，老爺是清官，老爺手下的人可肯喝西北風，老爺手下的人到我們疙疸山去，巡防清鄉，我不是不招待，無非是招待的不足，這才引出二十七張呈子來。下民為人嘴直，自知疏神得罪了人，所以才鬧到這樣，老爺想情！」

他的口鋒很刁很硬，文通判大憤，喝命動刑，卻是這葛鳳祥現當著牌頭，又捐著功名。文通判一怒，就革去他的牌頭，褫去他的功名，把他刑訊起來。過了幾堂，大罪一件不招，小罪只招了一個。招土娼、聚賭的條款。

文通判辦理這一案很認真，定要給他一個應得之罪。葛鳳祥的漏網的黨羽，竟在外面布置起來。遣人打點廳上下，探監牢，向葛鳳祥通消息，要主意。葛鳳祥身在縲紲之中，仍能指揮外面的夥黨。在被捕數日後，便有人專程進都省，想門路。

同時在外面，還有葛鳳祥的外甥周振東，當日由疙疸山脫逃，奔到一撥馬賊的潛伏巢穴，向桿子頭報信求援，桿子頭派部下給各處送信。不數日間，綏化廳境內各草野人物都曉得：「廳官厲害，疙疸山的葛鳳祥教他給抓了。」葛鳳祥竟有這麼大的潛勢力，居然旬日間，在靠青山山坎，聚集了百十多個馬賊，密議搭救葛鳳祥。他們公然定下了攻城的劫獄之計。那主謀人便是葛鳳祥的外甥周振東——周振東年紀輕，膂力猛，膽氣更衝，他竟蠻幹起來，不但是劫牢反獄，而且是要在白晝，攻城焚衙。

一百多個馬賊，人人騎快馬，挾十三太保，約在某日白晝午時，編成兩隊馬隊，分兩路直攻綏化城。土城既小且矮，衙門沒有院牆；監獄就是班房。衙門裡的人，尋常州縣廳該是三班六房，綏化廳卻有四班：捕班，快班，皂班，勇班，多著一個勇班，乃塞外所特有。四班班頭以下，各有差役百餘人，都是不在名冊的「腿子」占了過半數。這些人「擾民有餘，禦盜不足」。

到劫城這一天，官方事先一點也不曉得，還在照常辦事。

文通判在簽押房批閱公文，正忙著地丁錢糧的公務，這天不打算過堂訊案。閱完公事，回內堂用飯。飯後看書，和太太閒談，覺得心緒不定似的。忽然，聽見一排槍聲，文通判愕然站起來，這時候，護宅武師張玉峰帶領一個牢頭，慌慌張張，奔來告密：「葛鳳祥一案的犯人頗有炸獄的可疑情形。如果獄內生變，深恐衙外必有同黨接應。剛才聽見了幾聲槍響，好像在城外……」張總爺又說，已稟告二老爺、四老爺，並已轉告四班班頭人等，小心戒備著。

文通判聽了駭然，側耳諦聽外面，心中疑惑，仍未肯輕信。雖說在塞外，天高皇帝遠，可是炸獄的罪名很重，誰敢胡來？但又說道：「方才的槍聲倒很可疑，你們聽不是打獵的嗎？」正在問話，忽聽內堂屏門外典獄吏大聲地說話：「王升，王升，快請大人出來！」文通判不禁一抖，忙舉步往外走，太太小姐都聽見了，嚇得抱住了文通判，不讓他出去。夫人向張玉峰說：「張師爺，你們幾人護內宅，快去！快去！」

文通判正了正膽氣，擺脫開夫人小姐，長隨扶著文通判，往外踉踉蹌蹌走。大堂二堂之間，沸沸騰騰，聽得一片腳步奔馳聲。守北城門的官弁，已派來快馬飛報，報警的人直奔進大堂，方才下馬，立刻求見通判大人，說是：「北門以外，黃塵浮起，確有大批馬賊馳向北門，恐其來意不測。」文通判登時急了一頭汗，說：「快快去調鎮邊軍，快快守城！開槍打，打！」

沒等到調派妥，北城門已有匪開始攻城。四五十個馬賊，策駿馬，端火槍，往城門闖，城門登時關閉。他們立刻向城門吧吧吧，開了一排槍。這又是一夥膽大妄為，毫無成算的莽賊。既要劫牢救犯，便當乘夜暗襲，潛攻。像這樣青天白晝，結隊持槍，硬闖城門，把官兵視同木偶，豈不太拙笨，太狂妄了？而他們自恃梟勇，料到綏化廳土城低矮，不足拒守；城門攻不破，還可以爬城牆；混飯吃的四班差役都是些當地土著，顧戀身家，聽槍必跑。

他們就罵罵咧咧，任憑周振東作主張，一擁而上。他們太膽大了，還自以為英雄，可是他們也算料著一步，北城門縱然關上了，裡面沒人還槍。這一夥馬賊，立刻迫到北城根，往上開槍，那另外一隊也是四五十匹快馬，豁喇喇地搶奔東門。東門先時聞警，關門登城抵抗，下面馬賊一排槍，上面守城官弁還發一排槍，終是寡兵不敵眾寇，懦弱不敵悍強，北城門先失守，眾賊先鋒隊越城而過，砸開城關，把自己人放進來，然後紛紛上馬先放了一排槍，為的是先聲奪人，好教衙門隸卒趁早逃掉。果然這一來嚇得商民亂躥，關門上板。北門大街空蕩蕩只剩了一眼望到頭的空道，男男女女都躲淨。眾賊跟手就設下巡風之賊，整大隊，猛撲廳衙。那攻東門的一隊幾次沒有搶上城垣，又沒有攻破城門；這時已曉得北門得手，立刻掉轉馬頭，跟蹤由打北門衝入。兩隊馬賊合為一隊，卻在攻城半個時辰以後了，廳衙早已接到匪警的初報，二報，三報。

廳衙變成空衙，文通判由護宅武師和長隨攙扶，脫官衣揣印信，跳後牆逃出去，潛進民宅，太太小姐先一步逃出，鑽到曠地草棵叢裡，戰抖抖的面無人色，由家丁持十三太保保護。

四班班頭率領眾役，分持槍火，護衙，護獄，護宅，宅早空了。廳官一走，衙中人一齊驚慌。一個班頭帶了十幾個捕快，直奔後宅，大聲請大人發令。連叫數聲不應，人心動搖，勢將潰散。幸而武師朱天雄從旁邊奔到，厲聲叫道：「杜頭，大人在前邊簽押呢，剛才傳下話來，教你們快上房開槍護衙，匪人不拘多少，格殺勿論！」杜班頭回轉身，朱天雄再三指揮，吳寶華也在房上叫，杜班頭慌忙帶人，折轉二堂，登上更道。

這時候，張玉峰武師把長官藏好，急急請示辦法，文通判心神略定，急急下令。第一，傳令衙中人，一半上更樓拒盜，一半在衙內各處守護要犯。第二，傳命快班，派急馬調鎮邊軍馳援。張玉峰領命，右手持小六轉，左手提單刀，還背著十三太保，奮勇重入後衙。張武師到的時候很湊巧，成隊的馬展眼就要撲到衙前。因為眾賊是攻破北門進來的，所以他們順道先攻後衙，張玉峰隻身一人，從民宅繞出來，剛剛翻上廳衙牆頭，馬賊的一排槍已然隔著街打到，震得牆頭索索落土。張玉峰急滾身往下一伏，幸未負傷，連忙借衙障身，跳進更道，進了衙門裡邊。多虧正在白晝，衙中人全認得他，見他從賊人火線下衝過來，如同活見鬼似的，亂叫張師爺快伏腰，快過來。

官人們一面亂喊，一面開槍打賊。槍聲砰訇歷落，張玉峰哪裡聽得清喊聲，他只是趕快地翻牆登房，往衙裡猛闖罷了。所幸環攻廳衙的匪眾，因為個個都是火器，又因為人人全是馬賊，故此先鋒隊雖到，不能迫近衙牆來打，而且他們還沒合圍，也沒有下馬，七八個先鋒隊還隔著一層民房，張武師便平安地偷渡進後衙了。

巷前和衙內，一方是賊人跨馬遠攻，一方是官人登高據守，已然硝煙迷濛，流彈如雨，震耳欲聾。張玉峰在夾縫裡，從外面硬往裡鑽，實在是涉了大險，這全靠英雄出少年，血氣方剛，有這一股子銳氣；更道上作壁上觀的捕役，都替他捏一把冷汗，他卻也滿頭冒熱汗，一時登上更道，立刻指揮傳呼起來。第一道號令，先教衙中人節省火藥，不要像這樣瞎放空槍，賊的影還沒看準，亂七八糟地開排槍，少時子彈必完。第二道命令，便是廳官剛才所示護衙護獄，力戰後援的話了，一面傳令，一面大聲喊：「快快快！」

這時節，匪眾的大隊如潮水般湧上來，前隊後隊齊到了，倏然分開來，以後衙為正面，後兩肋斜抄，把廳衙整個包圍，把前衙出口也堵上，好像這群馬賊只會明火打劫，還不會攻城圍宅，竟把官人堵死在裡面，不給留「圍城必缺」的缺口，好像故意擠對官人死門似的。這是周振東的拙打算，要救親娘舅葛鳳祥，唯恐官人把要犯移走。殊不知張玉峰帶來文通判的密諭，已遣數名牢卒監視著葛鳳祥，萬一監獄不守，就先刺死要犯。但文通判也殊不知牢卒別有私打算，刺死要犯，勢將危及自己的身家性命，幾個牢卒在驚慌中，已打定先顧身家性命，後管囚徒的詭算盤。

馬賊的攻勢，在後衙的一時很佔優勢，守內堂的官人藏在過道兩旁，伏在北屋後窗內，努力還槍，起初流彈打過了頭，砸不著他們，他們奮勇不退。

猛然間，從斜刺裡打來一排槍，內堂的守兵有一人負傷，別的人險些掛綵。緊跟著又來一排槍，守兵不約而同，亂跳亂喊道：「壞了，攻進來了。」一齊彎腰，扯轉身，往二堂跑。於是內堂失守。馬賊先鋒隊又攻進一層，立刻發一暗號，踏踏的一陣響，竟有十幾個馬賊，騎在馬背上，衝進後衙院了。

馬賊已入後衙，馬賊的先鋒隊立刻搶進內堂，又據在內堂，進攻二堂。由內堂到二堂，中間一段道路，左右兩廂，當中頗寬敞。更樓上的官人，剛巧架好了大抬桿。這是高過一人的大火器，必須兩個人燃放。朱天雄本來不甚會用，但一見賊人攻進內堂，他一頓足，焦灼萬狀，大喝一聲：「快放！」助手抖抖地點不著。朱天雄過去一把推開，親手開火。轟然發出大響，一片鐵砂子如黑霧一般，罩到內堂。眾賊驟出不意，雖然沒有負傷，卻已驚惶呼噪，連忙退回。但是過不到一會兒，眾賊重又結聚，溜箭撲上來。朱天雄再發大抬桿，因有窄垣阻擋，不見瞄準，連發數槍，賊人反倒迫近前來。正在危急的時候，張玉峰帶人搶上更樓，立刻也架上抬槍，並排一共四桿，齊照賊人來路轟擊起來。這一桿點火門，那一桿發火藥，四槍輪流點發，煙斜霧橫，轟擊如雷，後衙的賊人竟不能得手，霎時間阻在內堂之前，二堂之後。馬蹄聲豁喇喇一陣亂響，緊跟著聽見馬賊槍聲暫住，眾賊發出互相傳呼之聲，夾雜著惡聲醜罵，威嚇捕快交出犯人，緊跟著前衙後衙、左箭道、右箭道，似同時發出幾排槍。忽然轟隆一聲大震，前衙大門似乎被砸倒；官人不由驚聳，有的失聲怪號。忽然又轟隆一聲大震，後衙靠左箭道攻倒了一堵牆，困守衙內的捕快差役隸卒，不由震動亂叫道：「不好了，衙門失守了！」有的人就要丟下火器往外躥，往屋裡鑽藏。三個武師、兩個勇敢的班頭，厲聲喊道：「打，打，別慌，別走！」無如人心已然浮動，綏化廳共有四班六房，上上下下約有四百多號人，將近五百號人，竟被百十個馬賊圍住，而且眼看著要失陷，要潰散，要被馬賊活捉。

張玉峰眼珠通紅，班頭吳某滿頭大汗，兩個人都急了，只要人眾潰散，衙內的人必要悉數滅亡。兩個人齊聲喊：「打叛徒！」其實是打逃卒，喊錯了，可是明白人全聽懂，吳班頭帶刀砍倒一個要逃走的捕快，張玉峰用小六轉，打倒一個正跳更道往外逃走的更卒。於是，四個班頭三個武師一齊大喊：「誰逃跑，要誰的命！」一頓刑威，人心暫被鎮定。張玉峰舉槍當先，引領官人放棄了後衙，漫散著齊奔內堂。留一部人扼守內堂，餘眾還奔更樓。

更道之上，恰有張氏師弟朱天雄，帶領十數人，搶先上去。更樓之中，竟有大抬桿十六桿之多，朱天雄與手下人趕忙架出來。後衙頹倒的牆口，已湧進六七個馬賊，都是身輕步健的漢子，一手持刀，一手持手槍，還有只挺著十三太保大槍的，剛一探頭，又猛然一躥，跳出堵口，搶到房後了。又一探頭，再往前一躥，立時又進一層。他們都是先找好障礙物，隱藏身形，然後才肯往前挺進。他們並不貿然駢肩，硬往裡面闖。而且在外面，還有他們的接應。他們是步下有能耐的硬手，外面的那都是騎術很精巧的馬賊了。好像這些接應之賊並沒有下馬，都已一直地迫近了衙前，貼在牆頭之外，好像把身子站在馬鞍上面，只露出半個頭，一對眼，把火器順架在牆頭，瞄準衙內的更道、鼓樓、牆角、門縫，乒乒乓乓，往裡面不住手的開火。上上下下掃射攢攻，他們借此掩護同黨步下先鋒隊的衝鋒。單看這一點，馬賊之中也似有能手。原來這方面並不是莽漢周振東，這方面竟是靠青山的大寨主，親自督攻，那莽漢周振東，這工夫搶攻監獄去了。

那抄攻前衙的馬賊，又已破門而入，直攻到大堂，卻不再往前進撲，好像賊中有人認得監囚之所，一直地搶奔班房去了。當時撲了一個空，葛鳳祥等確是押在班房中，此時已由典獄吏賈勇督同牢卒，把要犯移到巡檢衙門那邊去了。巡檢衙門就在廳衙旁邊，有角門通著。這時巡檢早將門戶關閉上鎖，和部下兵弁登上屋頂牆頭，也架起大抬桿，努力守護著。賊人並不曉得已然移獄，由周振東率領，憑一股銳氣，仍撲入班房。

班房就是臨時的大牢，此地大牢還沒築好。賊人攻入班房，班房一個人也沒有，只在桌底下抓出一個小當差。經持刀喝問，小當差哆哆嗦嗦地一指巡檢衙門的角門，賊人手黑的斫他一刀，再問更問不出來了。周振東立刻糾眾，再搶巡檢衙門。

前衙進來的眾賊，猬集到巡檢衙門的門前，向門縫裡開了一排槍。旋即奔出幾個大膽的賊，動手來砸門。角門不堅固，一砸便碎，賊人大喜，鼓噪著攻進去。突然迎面還打出一片黑霧似的鐵砂子，眾賊譁然亂叫，往後面奔退！賊隊中已有人負傷，旋又合攏來。二番進攻。賊隊中頗有玩火器的高手，由角門探頭，往裡面還擊。這時候衙前衙後，兩面開火，砰訇之聲不斷，眾賊狂奔怪喊，攻勢很猛。巡檢衙門首先不支，原因是浪費火藥過甚，只顧亂打，把火藥都打到空處；只鐵砂打傷了二三個賊，一個死的也沒有。馬賊這邊都是有計畫的，往往連合數桿槍，先發一排子彈示威，隨後便一遞一聲歷落瞄打，照準官弁藏伏處開火。

只攻了片刻，巡檢部下的火藥已耗盡十分之七八，部下這才覺得子彈就是性命，還得留下一點保護自己。稍一顧瞻，槍聲頓稀，由稀漸至於停，眾賊立刻鼓噪音，續往前紛紛進撲，有的釘在角門，有的繞抄後牆，巡檢衙門突然危急起來。

在這時廳衙的人，已陸續退到鼓樓上面。廳衙門四角的瞭望角樓，已失守兩處，所剩兩處倒是硬手把守，同時也算被馬賊圍住，逃不出去了，自然發生了負隅死鬥的勇氣。兩座角樓的火器，往馬賊來路打得很緊，鼓樓上的人，自張玉峰率眾趕到，已展開手腳，把十六桿大抬桿，都架出來，分兩面瞄準；火藥也都抬到堆口後，立刻照二堂群賊和角門群賊轟擊起來。

賊分兩面進撲，大抬桿便各用八桿來對付。此發彼裝，一遞一下，驚雷連響，頓然如迷霧飛砂。中間還夾雜著三四支火槍、十三太保、小六轉，還有兩尊土炮，也拉開栓，轟了幾下。鼓樓如此頂住了，角樓那邊也是不住手往下打，和鼓樓交織成十字炮火。人心也似隨槍火漸趨鎮定，越打越有準頭，越有聯絡。賊人陡覺不利，接連有十幾個人掛了彩，還有三四個當場殞命。大抬桿這種武器，運用較難；張玉峰和幾個獵戶出身的獄卒，起初還是亂打拒賊，漸漸地把賊人的攻勢壓倒。之後索性把抬桿更往外架，使槍口下抬，八桿對著二堂和後衙，八桿對著巡檢衙門，往賊人聚集處、躥處瞄準。抬桿發出來的鐵砂子是一大片，手槍六轉也集中了打；張玉峰指揮槍手，要兩三支槍單瞄一個賊，十支槍分瞄十幾個賊，這樣呼號齊發，一打一個準。

這樣的打法，賊人負傷的越多，漸漸不敢在火線露頭現身了，漸漸退向牆根屋後。靠青山的寨主，和周振東互相傳呼，調動大隊，不敢再搶監獄庫房，索性採包圍式，把鼓樓角樓圍住。賊人隱身暗處，探出槍口，往上面擊，意思要先占領鼓樓，掃蕩了殘餘的兩個角樓。然後再砸監救友，這樣一來，猛攻陡然變成相持了。可是賊群在平地，官人占據高處，高下相形，攻守異勢，賊人究實不利。

靠青山的大頭目動了怒，周振東更是焦灼。暗中傳令，把兩人所率領的馬賊，會成一路，排成長蛇陣勢，往鼓樓連發了好幾排槍，一排槍約有四五十發子彈，登時泛起很濃的煙硝氣。另遣幾個大膽身輕的賊，爬牆往上搶攻鼓樓。這幾排槍真個是打得鼓樓墜瓦落土。卻因官人都伏身開火，一個人也沒受傷。只聽見子彈破空聲，沙沙聲十分驚人，張玉峰連忙督率大眾，掉轉大抬桿，衝著下面發槍處，瞄打下去。但是賊人在下面驟攻幾排槍，早不等還攻，又繞到別處。張玉峰只顧抵擋正面發排槍的賊，因鼓樓上煙氣極濃，沒有理會賊來探頭爬牆。

突然間，有一個賊爬到鼓樓側面牆邊，舉起手槍，照一個衙門抬槍手背後，悄悄瞄準，乘其不意，抬槍手狂呻一聲，登時往前一撲，流血殞命。張玉峰正在持手槍督戰，猛然大駭，急一回頭，瞥見好幾個賊人，冒險上牆頭，遂大駭，手中小六轉只一撥，吧的一下，吧吧吧，一連數下，同時大喊：「賊上來了！」師弟朱天雄、吳寶華，和班頭們俱各驚聳尋顧，在硝煙迷濛中，究竟正當白晝，立刻瞥見賊來爬牆，立刻亂喊，立刻掉轉七八支槍口，錯落地對著側面牆頭轟擊過去。這真是馬賊的失策，槍響處登時有三四個賊黨失手，由牆頭倒栽到平地。

實際只傷了為首的一人，其餘的賊禁不住這迎頭一擊，倉皇擠避，一個個閃墜下去，卻把官人嚇得個個咋舌。「賊人的膽子真夠可以，哈，真敢白晝硬奪鼓樓！」張玉峰武師在事後談起來，還是不住地搖頭：「塞外的豪氣是這樣強悍囂張的，哪懂得什麼殺頭滅門之罪！」

當下官人又多加了一倍小心，不只往下攻，還要時時刻刻提防著屋頂牆頭。鼓樓的一角，恰好接連著一堵長牆，張玉峰揮手示意，教兩個師弟朱天雄、吳寶華，專擋這一面，別的事不必介意。他自己仍和槍手專擊下面探頭露腦、不忘搶鼓樓、劫獄囚的群賊。

群賊毫不氣餒，靠青山大寨主（名字已忘記）反而激起憤火，向周振東連施手勢，似教他改變攻勢。這時候槍聲震耳欲聾，低聲悄語，是道不明聽不清，聲高傳話，又怕對方聽了去，他就用手比了又比。周振東聽了又聽，看了又看，毫不明白大寨主的意思，只當是他要退走，不由發急，連說不行不行。大寨主急得直跺腳，又點手教周振東撲過來。周振東一心要攻破鼓樓，身子避在牆後，一味地裝槍開槍，不肯離地。大寨主氣急，罵一聲：「混蛋！」彎腰奔過去，不想剛離開障身之所，突然遇上大抬桿，一片黑霧籠罩，栽了一個跟頭，滾身而起，翻身逃回。周振東瞥見這情形，陡然一竄直撲過來。恰巧正當大抬桿裝藥換槍，被他逃過去，急急將大寨主扶住。大寨主掛了彩，臉上滴血，耳朵已打穿，但不是致命傷，大罵周振東：「媽巴子，教你過來，你怎麼不過來！」舉手打了周振東一個耳光。周振東連連道歉，替大寨主裹傷。大寨主立刻提出聲東擊西之計，如此這般放火燒衙：「趕快救你舅舅去，行不行就在這一下了。我們的人傷了好幾個，半位活人也沒有救出來，爺們栽了，光棍該栽就得認栽，別死心眼。」

大寨主是憤話，周振東以為他負傷氣怯了，意很不悅。他說：「鼓樓角樓再打一會兒，一定可以攻下來，官人的槍聲越來越少，再過一會兒，他們的火藥就耗完了。」大寨主說：「放屁！究竟人家坐地主的火藥多，還是外來的客火藥多，這不是顯然易見嗎？」大寨主又說：「耗不完人家，準把自己的火藥耗光了。」兩個人意思大擰，周振東認為放火燒衙，不濟急，還恐把他舅舅葛鳳祥也燒死在內。不過大寨主說這一把火，乃是誘敵之策，周振東又以為雙方已然開火，還誘什麼敵？到底周振東掙不過大寨主，大寨主乃是客情，既教周振東分頭行事，周振東只可依言。把手下人喊聚到一處，暗暗遞過密語，假作撤退模樣，悄悄從原進口處退了出去，卻留下埋伏，有的藏在衙內，有的藏在外面。那大寨主裹傷督眾，也往後撤退了一段，自己帶幾個幫手，潛奔至後衙各處，找到柴禾堆，把火點著，打算就用這火燃燒鼓樓和庫房，盼望把官人燒出來。一霎時煙騰火起，大寨主大喜，立刻埋伏好了，靜等官人救火。

不料火勢已猛，官人一個奔出來救火的也沒有。他們假裝撤退，裝得不很像，因為並沒有騙動居高下望的官人，官人將計就計，反倒把槍聲暫住，趁這工夫，補充火藥。剛才只顧拚命抵抗，巡檢衙門盡有不少火藥箱，只苦沒有工夫開鎖，此刻立即搬出來，打開了，取出來分配停當。剛才不住手地開槍轟擊，槍筒發熱，有的不敢再放，此刻急忙尋冷水，設法散熱。

剛才鼓樓和角樓，各不相顧，人自為戰，此刻大聲互相問訊，交換了聯防協抗的辦法，三方面一同合力救護巡檢衙門。自然，官人中，也有怕賊人放的火延燒大了，獲罪不小；可是情知賊人沒退，斷沒有救火的工夫。人人都說：「先把賊困住，耗一時是一時，眨眼間鎮邊軍的救兵要開到，反正賊人不會耗到一整天的。」

官人趁這工夫，重新布置好再接再厲的抵擋法，並派出一二人，爬牆頭，探望賊蹤。這工夫，大寨主眼看柴禾堆燃燒起來，立即督眾悄悄散布開，挺槍開栓，預備攻打救火的官人，官人不出來，他只好吶喊一聲，續往裡進攻，登時雙方又開起火來。那一邊，周振東潛伏外面，等了又等，火勢已然衝起，衙內槍聲反停，他不由納悶起來。他更不暇潛伏，忙把部下帶出來，重新攻進衙前。他剛到衙前，鼓樓角樓又把大抬桿對準方向重架起來，照前後兩面轟擊，和剛才初次進攻時，是一樣的情形。而且巡檢衙門的槍聲更由稀少一轉而為繁響，正是歇了這一會兒，越打越有了勁。周振東恨恨罵道：「糟，他們添了火藥了。哥們幫小弟一把，這沒有別的，狠命進攻吧！」又繼續攻打了半個時辰，毫無進展。官人們的鬥力和軍火，已然補充過的了，馬賊們的子彈隨身所帶，到底有限得很，每個人最多不過二百粒，少的有不到五十粒。這樣迫近了猛攻，再一再二，不休不止，終歸是有窮盡之時。尤其是周振東，他把自己的二百五十粒大槍火藥用盡，把小六轉的三十多粒子彈也打完，由夥伴袋中借了兩三排，他還想狠狠地攻打，他的夥伴懍然警告他：「周老弟，手底下留點餘地，你可至少要有一兩排子彈救命用！」這邊子彈漸盡，靠青山大寨主那邊，因為是一夥積匪，攻起來其勢洶洶，耗起來，暗有打算，子彈卻消費得不甚多。他這邊是這一排槍放完，那一排接發，轟擊之聲不斷，發出來的子彈並不太多。但是不論怎樣節省，馬賊所帶的火藥斷不如廳衙庫的子彈多，靠青山的寨主心上很明白。一次搶攻不成，二次搶攻不成，大寨主已經隱有去志了；卻在當時，還是戀戀未退。

鼓樓的護衙武師和隸卒，也漸漸看透這步棋，他們逃不出去，唯有死守。乍守還心慌，此刻相持已久，漸漸有了指望。

看日色還不到黃昏，現在廳衙轟擊聲如雷，駐紮近處的鎮邊軍，衙中已經派人請救。就算請救的人中途受阻被害，鎮邊軍的協統也必有探馬，料必探出萬城被攻的情形，因此他們的守志越來越堅。等到賊人縱火之計，僅僅延燒了一個柴禾堆和幾處小房，官人們越發放了心。他們只專心堅守鼓樓，同時兼顧巡檢衙門，最後便是盼望救兵早到。起初，賊人攻勢甚猛，子彈密集如雨，他們已經漸覺不支，到了此刻，賊人的子彈越打越稀，他們一群人中，頗有久經不敵之人，立刻向夥伴告誡：「賊人快退了，多加小心，多加小心，他們再有一次猛攻，便要溜走。整個的廳衙，只失守了一半，最要緊的是鼓樓，只要仍在我們手中，我們就有活命了。不但是護衙，也是自己救自己的性命。」這道理人人曉得，文通判帶來的人，幾乎個個是關內的人，一向遭馬賊仇視的，他們全明白，所以打得很勇。

大眾互相傳告，互相勉勵，同時仍將大抬槍、火槍，往下面打；下面賊人的火器，也還不斷往上打。漸漸地越打越不帶勁，賊人奔躥的蹤跡更見稀少。張玉峰等暗暗心喜，說道：「馬賊快退了！」剛說完，便有人往來探頭，突然從廳衙又發來一陣密雨似的排槍。槍擊又猛烈起來。賊人大呼：「援兵已到，努力攻啊，努力攻啊！」鼓樓上的人大驚，忙拚命拒住。槍聲又激烈起來，同時聽見遠處殷殷發出火炮之聲，夾雜著吶喊聲，於是角樓鼓樓，巡檢衙門中的人，一齊惶駭。就在惶駭驚呼聲中，遠處的火炮聲越來越近，聲響越大越緊。然而奇怪，攻入衙內的馬賊們的進擊聲，應該隨聲附和，以收夾攻之效才對，此時反倒驟見減少，由減少而至於稀稀落落，而至於寂然無有。鼓樓隸卒，見賊已增援，唯一自救的辦法，就是把大抬桿努力地加緊地排擊。於是，轟轟轟，嘭嘭嘭！十六桿分兩隊，川流不息地轟。轟擊震耳欲聾，硝煙迷目。不知怎麼一來，轟擊稍停，這才聽出廳內外，衙前喊：「停一停，停一停！」張玉峰也恍然有所悟，也指揮同伴停槍。吆喊聲聽不見，便用手拖推，一霎時大抬槍不響了，小六轉和十三太保也住了手。這一住手，才發覺下面馬賊大概早已撤走。鼓樓的人探出頭來往下觀望，角樓的人也照樣。巡檢衙門伏在更道上的人，不但探頭，而且站起全身來，向鼓樓打招呼，登時互相傳告：「馬賊跑了，別開火了！」人人全從潛伏處亮出全身，往衙門院內察看，再往外面遠處瞭望，遠處黃塵浮起，密排的槍聲、炮火聲，十分繁密，十分清楚，同時聽見馬隊奔馳聲；銅號浩浩地吹起了進軍衝殺的調子。衙中人登時歡喜，這必是鎮邊軍開到，救兵來了。猜度遠近，只在南門以外二三里以內了。全衙中人重重喘出一口復甦的氣來，隨後，鼓樓據守的人多半下來，把全衙重新檢閱一遍，布置一回。避到民宅的文通判也回了衙，家眷重返內堂。

文通判到這時慰勞屬下救死扶傷。馬賊退得很乾淨，只在衙內留下數攤血，和半條斷腿、一具死屍。馬賊本已傷亡十數名，大概都運走了。只這一具死屍，也許是最後撤退時因斷後而中槍身死的，也許是他們救死扶傷，臨末了漏下這麼一個，那就猜不出了。全衙損傷，大致不過被砸倒幾堵牆，燒燬幾間房；倒是內堂，被馬賊毀害得不淺。然而要犯一個未失，庫房也沒被砸開，總算是大幸。文案，捕役，長隨，更夫，上上下下，傷了十多個，死了幾個，嚇壞了一位師爺。夫人小姐都連凍帶嚇，也害了一場病。

那馳援的鎮邊軍，是由打南門進來的，馬賊是由北門退走的。綏化城成了穿堂門，前腳走的馬賊，後腳追的官兵，究竟雙方是接過仗了，卻沒望見面目。馬賊是預先布巡風的人，鎮邊軍剛一整隊出營，他們便先一步知道了。鎮邊軍果然是聞警趕來救援的，廳中所派去的求救的驛卒，竟不會偷渡過去，在廳衙和防營之間，馬賊設了兩道卡子，驛卒背著黃包袱，騎著馬飛奔，被賊卡瞥見，瞄準一槍，把驛馬打死。驛卒摔得發昏，爬起來，往回跑了。直等到鎮邊軍的探子報告廳城被攻，協統大駭起來，佯抄馬賊的來路，陰作救城之計，虛張聲勢，先時開炮，把馬賊嚇走。又在馬賊走後多時，這驛卒方把告急求救的警報，送到鎮邊軍大營。他算是交了差，實際無補於救城。

這一事給了張玉峰武師一個切實的教訓，以後遇警告急，當遣心腹勇士，斷不可委命於泛泛的膽小驛卒。這一事又給了文通判一個沉重的打擊，他險些受到失陷城池的大罪，倉促一避，影響人心很大，等到事定以後，行文呈報上司，鎮邊軍的看法，頗與文通判的體面有礙。文通判自然說：「經督率標兵隸卒，誓死據守，全城幸獲保全，要犯概未逃逸。」鎮邊軍卻以為「賊勢露張，直撲廳城，經本軍力攻收復，匪始敗竄」。

不過明清政制，重文輕武，到底依了文通判，行文都省，同時把東霸天葛鳳祥一案，提前申報出去。文通判想，葛鳳祥罪跡昭彰，不久就該解省覆訊，發回正法的了。結果卻出人意料之外！黑龍江將軍伊克堂阿，突然批諭綏化廳通報：「仰將葛鳳祥全案要犯，迅行解省。」解省以後，似該傳訊原被兩告對質，依律治罪。張武師說：「哪知道這一案，自經將軍飭提過去，便沒了消息。」這件案子從此啞昧下去了。

隔過數年，案情冷落，那葛鳳祥好像放出來了，突然又出現在邊荒。張武師說：「這件事直到末了，我如同墜入五里霧中，直到今兒個，我還是說不清！」不過葛鳳祥到底也似有所顧忌，從那時以後，倒不敢明目張膽，在綏化廳露臉出頭。他的黨羽神槍手高福一流，陸續常出頭，照舊幹起舊營生，不久又受了招安，而故態不改，終墜刑網，卻在黑龍江換了另一個將軍之後。

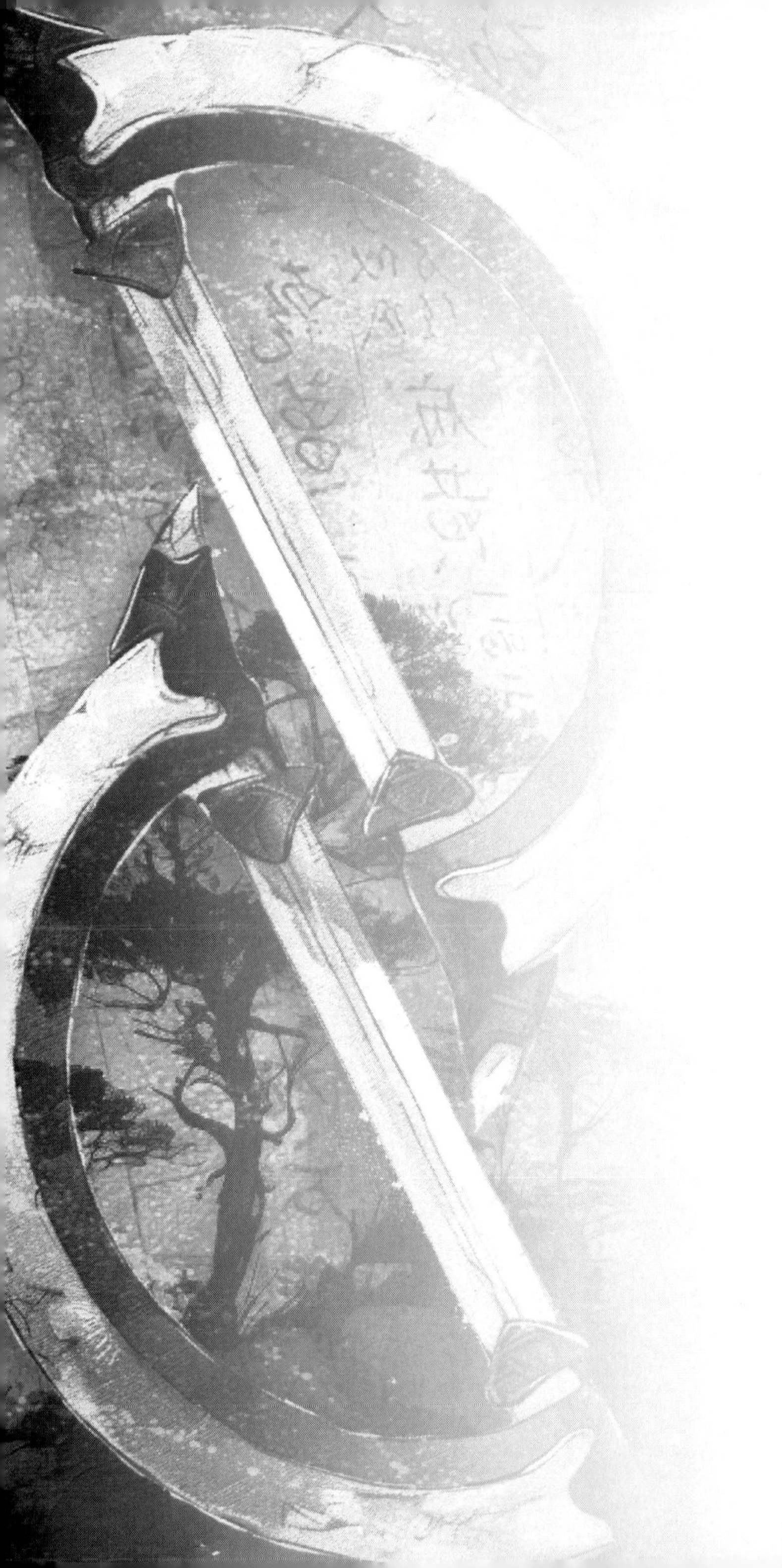

第三章　北霸天倚強占女伶

光緒二十一年四月，張玉峰武師奉命率捕，往疙瘩山東北十三道崗，捉拿劇匪王洛五。

王洛五名字叫王才，綽號北霸天，在十三道崗這個地方，開設著一座「王爺店」。因為他姓王，又因為他胳臂硬，勢派橫，故此叫「王爺店」。凡商旅行人路經十三道崗，住在他這王爺店內，哪怕進去歇歇腿，不管你用過飯、住過宿沒有，照例須付店錢二百文一天。你如果不開銷這筆錢，他倒不瞪眼，只微微笑笑。你只管走吧，不出十里，必遭劫掠，所失財物，比起二百文一天，恐怕多過幾十百倍。那麼付這二百文好比就是過境保險費了。王洛五在十三道崗，很戳得住，很叫得響，不但開店，並且招賭，不但招賭，而且窩藏匪徒，塞外荒曠，馬賊縱橫。惡霸像王洛五一流者，當然所在多有。居民身受其害，都敢怒不敢言；官府勢力不能天天照顧到，警察未設，是無可奈何，而他們也就越弄越膽大。王洛五也和葛鳳祥一樣，把人擠到死路——受害的人忍無可忍，也就猝然具呈告發他。

告發王洛五的是一個姓楊的伶人，本來是個唱野臺戲的。

唱的是老梆子，楊某便是班主，手下有臨時雇的生旦淨末丑，有花錢買的幾個徒弟，內中還有兩個女徒，在當時也算坤角了。這兩個坤角，一個十四五歲，唱娃娃生兼旦角。老梆子的唱法，和半班戲似差不多，角色本不很全，唱腔也像只有生旦花臉之別。這兩個女徒，內中一個，據說實是楊某的嫡親女兒；那另一個據說是外甥女兒。誰準知道呢？只聽得堂上的供詞，那個楊玉環實是承認和班主為父女，那個楊金環確是管班主一口一個舅舅地叫著。

楊某這一次是應鄰境大戶抬邀，特地由盛京叫來，前往演劇，大概也是酬神社戲之類。塞外本少戲樂，這一次演戲好像破天荒，在廟前演了十幾天，別家財主又請了幾天。驚動了鄰莊，等到此地演完，那邊鄉民又湊錢趕緊定下了，據說他們這邊荒地方，這是頭一回演戲。

楊某居然在黑龍江境內，巡迴獻技，直演唱了半年。轉瞬到了秋後，又有人許下重酬，邀他們演唱明年的春節戲。在秋後到春節，中間還空閒數月，別處偏僻的莊堡，也出了較廉的價錢，把楊某傳邀了去。這樣子一年三百六十天，天天有生意做，楊某算大發財源了。不料在這個夾當，樂極生悲，遇上了王洛五。

楊班主倒沒有誤投「王爺店」，乃是他在十三道崗附近獻技，被王洛五看上了他那班中無獨有偶的兩個坤角的芳姿。

王洛五出身流犯，遇赦得擇，不知怎的發了財，開了店。全一輩子大概沒有看過戲，僅只在幼年看過州戲影而已。現在，他初次看見活人演戲，似入了迷。王洛五是在鄰鎮看見了楊玉環、楊金環，他立刻設法，進身到後臺，找老闆，看看角色；於是乎大爺有錢，掏出六百吊土票子來，賞給小妞妞。不知怎的，楊班主有了戒心，做生意人無不愛小便宜，楊班主獨對於王洛五的纏頭之贈，婉拒絕敢收受。王洛五大憤，立刻回去，找到十三道崗各商家，對他們說：「咱們也該唱唱戲了，咱們別淨跑到人家別村裡去聽蹭戲，咱們不會也叫一臺戲嗎？」

其時楊班主已接受他家之聘，王洛五硬出大價，強奪過來。楊班主不敢把財神往外推，而且出頭邀戲的並不是王洛五本人出面，乃是由十三道崗首戶商號出名，骨子裡卻是受著王洛五的擺布，楊班主不知不覺入了圈套。於是，在十三道崗高搭席棚，擇吉開演整本的大戲。楊班主的二女楊玉環、楊金環，有時扮一生一旦，有時裝兩個旦角，自然一個正旦，一個花旦了，王洛五天天狂捧去。

他不過是塞外的強豪，大約並不懂故都梨園捧角的做法，也不知道打首飾，做行頭，他只曉得在臺下狂喊喝彩，後來看見別人點戲放賞，他不禁大悅，也就掏出錢票點戲。點一出小戲，一賞就是二百吊，他為了擺闊，好引得旦角的垂青，他就在一天之中，連點四五出戲；四五出戲還是不解恨，就又一點七八出；把兩個女孩子累得要死，喉嚨都要瘖啞了。他以為這兩個女孩子必然對他表示好感，或表示敬意，殊不知兩個女孩子累得要死，痛恨異常，以為花錢的老爺故意擺闊，可不知賣藝人的罪孽了。

應戲的人也震於王洛五的豪舉，哄傳為話柄，王洛五洋洋得意。可是他一連鬥富逞勢經旬，只能在戲臺上望見美女，卻不能在臺下親炙美人，臺上二女把他恨得牙根疼，他在臺下也急得心眼上癢癢，不曉得該如何入手，才能把二女弄到自己手腕之內。就在這時候，楊班主早已覺出風色不對來了，可是幹這行業，對付官紳大戶，只能用軟招絕不敢硬頂。楊班主左思右想，親自買了幾色禮物，到王洛五店房，好像是拜見紳士，意思之間，並求王洛五體恤這兩個孩子，教她倆歇息歇息，別再像這樣點戲了。王洛五明白楊班主的要求，就把眼一瞪，吆喝說：「你們是賣這個的不是？為什麼不教爺們點曲子？」旁人們在旁幫腔，說來說去，說道：「把兩個孩子叫來，我瞧瞧她，是真累病了，還是裝著玩。」這倒一拍而合了，楊班主大駭，極力支吾，告退出來。回到窩夥下處，和他的謀士（一個丑角，一個武生）商量：「這可怎麼辦？姓王的瞪著兩隻色迷眼，用意不善，想什麼法可以躲開他？」武生想到一策，是花錢求饒，丑角卻想三十六計走為上策。但是這些妙計未等施行，王洛五突然找上門來了。

王洛五在店中，容得楊班主去後，忽然靈機一動：「他會找我來，我就不會找他女兒去嗎？」

戲班的下處，就在戲臺不遠。王洛五換了一身好衣服，騎駿馬，帶手槍，囊中裝了幾百弔錢票、銀錁子，還有他亡妻一對鐲子，他一直找來了。戲班的鍋夥，聚居許多伶人，在臺上扮飾出來，莊嚴華美；下臺來赤臂的，光腳的，只是一群粗漢，沒事就湊在一起耍錢。只有楊班主攜帶著妻女，便和本班唱老生的馬金聲夫妻，另住著一明兩暗三間房。馬金聲不但唱老生，也是戲簍子，兼本班教師，所以能和班主同住在一起，並且也有攜眷之權，不過他只是夫妻兩人罷了。王洛五找到門口，下了馬，敲門直入。楊班主正在吃飯，慌忙迎出，一見面：「原來是王五爺！」楊班主不覺臉色一變，連忙請安，讓座，馬金聲忙給拴馬。進了房，王洛五一屁股坐到上首椅上，已不是剛才發威的脾氣了，換出一副笑臉，說道：「楊頭，你坐下。我聽說你閨女嗓子唱啞了，是真的嗎？我們爺們花錢找樂，不能累死活人，我得驗驗，若是真累病了，由打我這裡說，可以教孩子先歇幾天，不算什麼。你閨女呢？還有那個楊金環，是你姪女，還是你外甥女？是不是她也把嗓子累啞了？」

王洛五大模大樣說話，楊班主畢恭畢敬，侍立在下首。唱老生的馬金聲也湊過來，想幫班主說話；王洛五把眼一瞪，斥道：「你是幹什麼？」楊班主忙道：「這是小人班裡唱老生的馬……」王洛五道：「你出去，我跟你們班主講話，不是跟你講話，我這裡沒有你插嘴的！出去！」嚇得馬金聲諾諾連聲，倒退出去，連自己屋都不敢進，逕直上大幫鍋夥去了。王洛五哈哈地笑起來，把手槍解下來，往桌上一摔道：「這東西真累贅，我說楊頭你閨女呢？」眼往內間一瞧，他突然站起來，把戲簾（臨時掛在內間門首的）一挑，貿然鑽進去。

內間正在吃飯，楊班主之妻，馬老生之妻，楊玉環、楊金環二女，團團聚坐在土炕上，當中鋪一塊油布，擺兩個大碗葷菜，每人端著一隻粗碗，盛著高粱米飯。原來他們唱野臺戲的伶人，吃喝是這樣苦的。王洛五大嚷道：「怨不得嗓子啞，吃這種粗糧，豈不把孩子的嫩喉嚨給塞粗了？我說楊頭，你也太財迷了，孩子拚命給你賺錢，你可捨得給她們吃好的。」

王洛五突然如其來的發話，吃飯的婦女駭然側臉看他，他兩隻眼珠子流露出怪樣。頭一個是馬老生的老婆，嚇得下了炕，鑽回自己屋，連飯也不敢吃了。她的男人早已躲到了大幫鍋夥去，只剩她一個人，她也不覺溜出去，找她男人。一明兩暗三間房，只剩了楊班主和他的妻，和楊氏雙環，女孩子心慌，也要躲出去，王洛五橫身擋在那裡，兩個女孩子退回來，都低了頭，不言語。

王洛五欣然大笑，回頭對楊班主說：「你就是捨不得錢，教孩子們吃這個，哼！」從自己身上，掏出一疊鈔票，硬塞在楊班主手內，教他快去打酒，買菜，買肉，買饅頭、點心；又教楊班主去買鴉片菸，外帶找菸館借一套菸具：「就說是我王洛五借的，他們不敢不借給。」

楊班主心裡打著鼓，出去沽酒買菜；楊的妻心上慌亂亂的，不知所措。楊家二女起初低了頭，後來放下碗，對這不速之客不覺各自溜了一眼。

王洛五是個大高個，粗眉豹目黃眼珠，黃白面孔，凶相就露在眉心兩道豎紋和那一對鷹眼上，肩膀很寬，扁腦勺，大辮子，雄糾糾的樣子。同時這不速客王洛五，更直眉瞪眼盯著二女，先尋看腳，後尋看臉，一對豹子眼流露出猥褻之光。這兩個女孩子有些害怕，她們倆在臺上風流跌宕，妖冶異常，私下裡實在規矩。但她們時常串演風月戲文，自然曉得花園贈金，湖邊私會一類故事，比起舊日少女，總算早熟。楊玉環生得較為秀美，心也靈透，歲數也較大，被王洛五這一看，粉頰先紅起來了。王洛五的眼又發出無聲的話來，這女孩子越發踧踖不寧，盤著的腿一伸，又要下地往外走。王洛五猝然發話：「喂，你叫楊玉環，是不是？裝樊梨花的不就是你嗎？你比臺上更漂亮了，哈哈哈，你嗓子是唱啞了嗎？哎？」

楊玉環已然站在地上，楊金環不覺也跟隨下了地。王洛五突然橫身障門，伸出一雙手，要拍肩膀。楊玉環不由一縮，停在屋心，已然沒有出門的路了。王洛五重問了一句：「你是不是楊玉環，說話呀？」楊玉環低聲說：「是我。」越發踧踖起來。

王洛五很得意地四顧，兩眼盯著楊玉環的臉，又問道：「你真啞了嗎？」答道：「有點發啞。」可不是，說話的聲音有點沙澀，身子還在屋心打晃，似乎覓路欲出。王洛五大笑道：「什麼？你這麼說話，比臺上更好聽。喂，你別走，你們姐倆全別動，我教你爹買菜去了，今天是我的請，吃完了，我還要煩你姐兒倆來一段呢。你們就會唱老梆子嗎？你還會唱蹦蹦不會？會唱二黃不會？」

王洛五這傢伙好像對這狎優調情的把戲，不大慣熟似的。

他只會嫖土窯子。他的舉動十分露骨，居然對楊妻發下「逐主令」，他說：「老夥計，你在這裡死盯著幹啥？我還會把你倆女兒吃了不成？我說老傢伙，快去弄弄火，回頭你男人買來菜，好快快調治啊。」立刻拿出了土豪的面孔，先把楊妻逐出去，次將二女拘在屋，漸漸動手動腳胡鬧起來。兩個女孩子又驚憂，又羞臊。楊玉環歲數較大，勉強還能對付，端起茶壺，客客氣氣給斟茶，完全依著跑江湖拜首戶的女藝人的路子走，想拿「敬而遠之」的態度，抵抗邪魔外道。楊金環一味害怕，只想逃躲；王洛五不肯放，她竟叫喚出來：「我找我妗子去。」王洛五笑吟吟說：「找你妗子幹啥？傻丫頭，陪五爺說會兒話兒不好嗎？來，喂，給你這個。」把十兩一錠的銀錁子兩個，塞在楊金環手裡：「拿去買花兒戴去。」楊金環不再掙扎了，握了銀錠子。不由請了一個蹲安，「謝謝大爺的賞，幹嘛還教您賞錢？」十四五歲的女孩子，把王洛五當作尋常紳士，得了錢，忘了怕，說出照例的話。楊玉環連衝她施眼色，她通通沒看見。王洛五大樂，但是出乎意外，楊金環謝完賞，還是想往屋外走。這結果徒惹得王洛五更進一步的囉唣。楊玉環覺出不妙，忙說：「妹子別惹大爺生氣，大爺教你陪一會兒，你老老實實待著不結了？幹嘛老想往外鑽？撕撕擄擄的，什麼樣子？」

王洛五鬆了手，衝著楊玉環咧大嘴笑，露出滿嘴黃牙，說：「還是你明白，小丫頭片子任什麼不懂，不知道五爺愛惜你們嗎？」把一錠大銀錁，丟給楊玉環，足有三十兩。楊玉環往後退，連忙說：「大爺別再賞錢了，給我妹子一個人，我們倆都謝您了。」王洛五道：「給她是給她的，給你是給你的。嘻，你老往後躲幹嘛？」張開大嘴道：「我不是老虎，不會吃活人啊。」一直湊過來，要把銀錠也塞在這個女伶的掌心，楊玉環越發紅了臉，但是後退無路了。

王洛五捉住她的手，把銀子強塞給她。她沒法子拒絕，勉強道謝。王洛五方才一喜，她立刻又說：「我們可不敢私自接您的賞錢，我得問問師父和爹爹。」王洛五沉了臉道：「怎麼？給臉不要臉，是不是？」他這句威嚇的話剛出口，楊玉環早大聲衝著窗戶叫起來：「媽呀，您來！師父，您來！這位大爺賞給我們錢了。」兩個人差不多同時出聲，外面立刻有人答應。

但走進來的卻不是楊玉環的娘，竟是楊玉環的爹——楊班主。

楊班主跑得呼呼帶喘，把酒肉蔬菜買來，把鴉片菸具也借來了。

情勢一緩，王洛五便命楊班主夫妻做菜溫酒，又命楊家二女侍候他吸鴉片菸。王洛五竟躺在內間炕上。可是剛一側身，忽又坐起，把身上所藏的手槍、彈藥、銀錢，一一掏卸下來，滿不介意的，丟在炕上；其實這一支手槍，只用來拍山鎮虎，他身上還祕藏著另一支手槍哩，這另一支手槍，是他眠食行走，片刻也不肯離身的東西。

他強迫二女給他燒鴉片菸。他又把楊班主叫過來，作為陪他閒談。他先說起二女嗓啞的事：「真啞了，我給治。某人某人是本街的名醫，拿我的片子，可以把醫主請來，衝我的面子，他也不敢要錢。」次又說到生意：「楊班主，沒錢花，別為難，短什麼？衝我姓王的說。」把一千弔錢票子，強命楊班主收下：「我瞧你這人怪好的，你別不收，不收就是瞧不起我。」

隨後他又說起他所開的閻王店，他說他的定章，客人進店每人每天二百文：「不是咱們派他，是他們願意花。花了這錢，對他們有好處。」某山某寨的某人，跟咱是熟人，某地某窯的舵主跟咱換帖，都是過命的交情：「客人在我這裡花了錢，走遍方圓七百里，保管有人照應。」末後又說到殺人越貨的事，某一件他曉得，方才說，他很愛惜楊班主的兩個女兒：「這兩個女孩子，我看卻不錯，難道真跟你老哥奔走一輩子嗎？莫如由我給她們找個主，嫁了出去，她們倆固然落葉歸根，都有終身倚靠；你老兄也可以多得一筆錢，做棺材本。哪怕你還願意幹這行，你不會再買兩個女孩子嗎？」總而言之，威逼，利誘。口說不算，把那支手槍擺弄著，立逼著點頭，而且當晚他就要留宿。

楊班主竟被他鎮嚇住。不只是他的手槍令人驚，他的神情令人怖，尤其是他素日的狂豪的威稜，楊班主都打聽到縣內，剛才他給王洛五沽酒借鴉片菸具的時候，酒鋪和菸館主人，只一提王洛五三個字，便都替他咧嘴，臉上帶出古怪神氣，好像王洛五想思索這兩個女伶，這菸館中人都曉得了，臨出菸館時，他明聽見人冷嘲地說：「楊班主該大喜了！」這句話的意味多麼可怕！又聽人說過，某某山溝，某某村民，被他裂眦之怨，一家十數口，一把火，全給葬送在火窟，連一個小孩芽子也沒留。某某村莊，某某孀婦被他看上了，霸占了去，人財兩得，經夫兄具呈到官廳控告，半路上說是遇上狼群，分明有人聽見吧的一槍，末後夫兄是完結了。還有這孀婦的弟弟和族叔，也突然失蹤。這孀婦不上一年，也窩囊死了。王洛五竟拿良家的孀婦，當粉頭似的玩弄著，公然在手下黨羽面前，擺出調戲、猥褻舉動。這個孀婦生生飲恨而死了。諸如此類，事情很多，他究竟仗恃什麼？據說，一來有財勢，二來有羽翼，最凶的還是他自己，本是亡命徒，不怕死，火器更打得好，百發百中，人也頗有豪氣，做事一擲千金不吝，因此在匪黨中，頗有人緣，也因此能獲得一二落拓女人的傾心。他的一個愛妾，便與他同惡相濟。現在不幸，這一個活閻王偏偏光顧到楊班主頭頂上，楊班主倉皇失措了。他還想央求王洛五，他已然詞不達意，只是翻來覆去，求「高抬貴手」而已。

王洛五儼然成了屋主人，一時菜做成，酒也燙好，王洛五說：「你們來，吃！今天我做東。」閻王爺賞飯，楊班主夫妻父女不敢不吃，吃的飯都從脊梁骨下去的，不大舒服。吃完，王洛五催楊妻到外間收拾杯碗，催楊班主：「也幫著你們太太忙活忙活，別直眉瞪眼發愣啊！」於是又擺上鴉片菸具，他一頭躺在土炕上，命楊玉環給他燒菸，命楊金環給他弄茶水。楊氏夫妻驚極愧甚，一籌莫展。閻王登門，當晚留髡；夫妻倆面面相覷，心想找唱老生的馬金聲，商計一下善遣的辦法，可恨馬金聲躲得遠遠，連他老婆也溜出去了。一明兩暗三間屋，內間只坐著王洛五和楊家二環，另間屋只有楊班主夫妻堵著一口憋氣。王洛五在內間，漸露狂態，聲息外傳。楊班主耳根發燒，在外間聽，驀然間心頭火一撞，要摸切菜刀。被他女人一把抱住，比一比手槍。楊班主呻吟一聲放下屠刀，愣了半晌，隔戲簾探頭，向女兒施眼色，打手勢。自己央求不成，教女兒委婉情懇，也許免掉堵上門的這場難堪。他妻子竟怕極，意思之間，賣藝街口，何時是了局，不如要個大價錢，把女兒給了這人。楊班主卻認為女兒賣給這人，乃是後話，今天晚上這一件丟人事，仍得先想法子避免。因此，他還是外面伸頭探腦，要把女兒哨出來。

不想他剛一探頭，王洛五把菸槍（不是手槍）一摔，翻身坐起，橫眉立眼，舌綻春雷：「滾，找死呀！」一剎那間，二女矍然側臉，楊班主冒死搶進一步。王洛五大怒，臉色一變，抄起手槍，手扣槍機，拉開保險機。

不想在這一剎那，楊班主撲登地跪下了：「王大爺，您得給小人留面子！」王洛五挺槍要放，楊玉環倏將煙簽一丟，橫身遮擋，昂揚立在王洛五和她父之間，抖抖地說：「五大爺，您這是幹啥？您別嚇唬他，他是我爹，您有什麼衝我來！」

女英雄懍然擋住了槍口，纖纖玉手按住王洛五手腕，樊梨花的英姿好像活現在土炕、綠豆碗、瓦菸燈、竹菸槍之間。王洛五（這個草野英雄）一霎間愕然。呆了一呆，突然一長身，咯咯地怪笑著，猝然微彎身，把楊玉環抱住，往炕上一放。轉身，抬腿，喝道：「滾出去，老丈人！」要踢又不肯，俯身探手，把楊班主連拖帶推，攌出外間去。

呼隆一聲，內間屋門交掩。一燈如豆，外間屋漆黑，塞外寒風陣陣打窗，偶聞一聲馬嘶。唱老生的馬金聲和他妻，直挨到天亮，方才往回走，猛一看見這一匹紫色馬，兀自拴在門窗前，夫妻一縮頭頸，又溜到別處去了。

第二天，楊玉環、楊金環全沒有發表，楊班主也沒露面。

第三天，第四天，第五天……楊玉環、楊金環仍沒登臺。楊班主倒露面了，鼻涕一把，淚一把，溜到戲班鍋夥，向大家要主意。大家亂七八糟，七言八語；一連過了七八天，說到歸結，不外三條妙計，一拼，二躲，三告狀。但是強龍不壓地頭蛇。

王洛五天不怕，地不怕，以一個孤身漢霸占二女伶，堵上門欺侮人，不就是全憑他那桿百發百中的槍嗎？在留宿第三天，他就露了一手甩手一槍，打落枝頭小鳥，「這玩意兒，誰惹得起？」而且楊老闆不過是個跑野臺唱戲的伶人，又是個唱花旦出身的，身上好像早就缺少男子骨頭。強暴之徒，他年輕貌美時，也曾遇上過。最糟的是他的性命比誰都值得多，因此頭一個他拼不起，他的老婆也是怕死。一家四口，竟教王洛五嚇住。只有楊玉環，身雖遭汙，卻有些倔強之氣，王洛五作踐了她，她變著法思索王洛五，把王洛五擺布得牙癢癢。待等至王洛五把他老婆的首飾、鐲子全數送給了她。她也就又惱，又恨，又馬馬虎虎，好像有點願意了。王洛五的豪氣，有時候嚇人，可也有時候動人似的。

其次說到躲，如要躲，也得先有一拼的決心才成。王洛五天天泡在他們家，喝酒，抽菸，睡覺，大把花錢，不教二女登臺，天天在他鴉片菸盤子前面，陪伴著他說笑玩鬧，這怎麼躲得開？最末一著是告狀，楊老闆倒可以溜出去，上官廳遞呈子。王洛五本來嫌他礙眼，天天催他上後臺照料去，不喜歡他在家裡。如此，楊老闆很有機會告狀去了，可是他還害怕一層。綏化廳距離十三道崗很遠，近處倒有經歷衙門，無奈「衙門口向南開，有理沒理拿錢來」。更無奈經歷老爺聽說跟王洛五換帖，這話是王洛五親口說的，或者靠不住；但跟別人也打聽過，王洛五敢這麼橫行霸道，好像骨子裡必有點來頭。若不是跟官面有交往，何以這麼有恃無恐？光棍鬥富不鬥勢，唱戲的在前清是下九流，狀子也似乎告不得了！

楊老闆的顧忌特別的多，左不行，右不可，致令他的後臺謀士，人人咧嘴乾瞪眼，頭一個惹得他的丑軍師嚷道：「哎呀呀，拼也拼不得，告也告不得，躲又躲不得，這便如何是好哇！」縮脖子躲開了。唱武生的賽活猴更氣得：「呀呀呸！老闆，你只好當楊雄外帶潘老丈吧！」唱老生的馬金聲只求晦氣不落在自己頭上（他還有個年輕媳婦兒呢），一任班主傷心掉淚要主意，他只有吸涼，不敢言語。

一晃又半個多月，在十三道崗的戲唱完，該著拆台往別處唱去了。王洛五還是照常留宿在他家，一個女兒，一個外甥女兒，都算是養嗓子，不登臺，現在到了「善離」或「凶終」的最後關口了。楊老闆愍又愍，想了又想，想出一套軟央求的話，請王五爺放他爺們走。

王五爺躺在煙盤子前，眼珠翻了翻楊老闆，說道：「我知道你的戲唱完了，你要走，走你的吧，至於你的兩個閨女……」

呼呼地吸了一陣菸，欠身坐起來，拿著菸槍，比比畫畫說出兩條路，教楊老闆挑選走一條道，要多少錢，給多少錢：「你的兩個女兒，我全留下了。著你兩個女孩子拋頭露面，在外面現世，何必呢？你索性跟我好了，你就是我的老丈人了。」又道：「趕明天，你聽我的話。」

第二天，楊班主又央告，王洛五立刻從身上掏出一疊錢票，說道：「戲一打住，我早就替你打算好了。我看你的意思，大概是不願把女兒賣給我。那麼你一定願走第二條道了。人生在世，不過吃和穿。你兩口子沒有兒子，誰教你兩閨女都跟我睡了呢，我就養你的老。你不用領班唱戲了，把他們全打發走了吧。你在我這裡一待，淨剩了裝老太爺，夠多美？你的女兒就算是我的兩房太太了。」一面說，一面點票子，立催楊老闆，走到鍋夥，把整個戲班解散，錢倒確實出得不少，可惜全是本地出的土票，點完票子，交給楊老闆，說道：「你們戲團隊裡一共不過二三十人，這足夠打發他們還鄉的了。你只把人遣走，戲箱子、行頭可以移到我的店裡去，暫且算是寄放在我那裡。等著有了工夫，我給你買十幾個孩子，你給我打一科班，咱爺們算是另開了一個科班，往後可以長遠在咱們這裡唱。」

說完，立催楊老闆去辦。

楊老闆還想央求，王洛五豎起眼珠子來，這就夠怕人，同時他又把身上帶的手槍掏出來，比畫起來。楊老闆好像是軟柿子，被王洛五捏慣，再拾不起個兒來。哭喪著臉，攜了錢，謹遵王命，溜到戲班。

戲伶鍋夥內，沒了戲唱，一群伶人正在賭錢。楊老闆把解散戲班的話一說，登時群伶譁然。有一人說：「老闆真要洗手不幹，當外老太爺嗎？那麼倒也好，可是我們哥幾個千里迢迢被您撮弄來，請神容易退神難，您給的這兩手，不夠我們回老家的，真個要教我們困在關外，做個外喪鬼嗎？您也替我們想想！」又有一人說：「楊老闆要洗手，各人有各人的打算，我們不敢管。咱們這麼著，您把全套戲箱行頭，借給我們；我們二十幾人可以另推班主，上別處唱戲混飯，您別半道上擱車，餓死我們。」唱武生的賽活猴更是大發脾氣，直走到楊老闆面前，指鼻子問：「你解散本班，是出情願，還是受別人架弄？」楊老闆幾乎落淚，向群伶說了實話，意思是：「我也情出無奈。這錢實是王洛五拿出來的，是他教我這麼幹。」丑軍師道：「好哇，原來如此，果然如此，我請問班主，王洛五他是狼，他是虎？是您親老子，還是你寫了死字的師父？」二十多人七言八語，亂七八糟，齊向楊老闆責難。唱老生的馬金聲，攔住眾人，向楊老闆說：「您的疑難，我們全明白，咱們也不必細說了。乾脆吧，您要解散這班，也成，散夥就散夥，可別砸碎我們大家的飯鍋。您無論如何，也得把全份戲箱全副行頭借給我們。這份戲箱，本來不能算是您一個人的，這裡頭還有我姓馬的和謝三爺的股份。你收了王洛五的錢，要送給他也罷，賣給他也罷，您總得把我們的股子退出來。」

楊老闆勢到如今，倒不是利令智昏，竟是人已嚇破膽，居然一籌莫展了。又經過七言八語的爭吵，楊老闆垂頭喪氣走回去，不敢向王洛五實話實說，只講解散費太少，還差多一半呢。王洛五詫異笑道：「散夥的買賣，給他們一人一百弔錢，還少嗎？他們打算要多少？」楊老闆低頭囁嚅半晌，方說：「那份戲箱乃是自己和馬金聲幾個人共同湊錢購置的，不能由自己隨便留下，他們托我傳達，您若是要用，再賞給他們一點錢。」

王洛五道：「哦，戲箱怎麼不是你一個人的？你不是班主嗎？馬先生不是你外邀的角兒嗎？」楊老闆又說：「只因欠他們幾個人的包銀，故此把戲箱押給他們了。」王洛五問押了多少錢？

回答說：「欠的包銀很多，押的錢也沒有準數，您只再換給他們……」說至此又遲疑不敢說下去，王洛五又連聲催問。他方才努力說出一個數目：兩千兩紋銀。

這兩千兩紋銀才說出口，王洛五登時眉毛一挑，眼珠一轉，嘻嘻地冷笑了幾聲。半晌才說：「不多，很不算多。」又半晌重問道：「剛才我拿給你的那筆遣散費呢？他們收下了沒有？」回答道：「沒收，他們還等我的下文呢。」王洛五道：「沒給很好，索性我一律拆給他們銀子吧，你把票子給我。」

楊老闆依言，把票子掏出來，送到王洛五手內。王洛五接到，點清是足數，突然變臉。冷笑道：「他們的意思，是不教你把戲班停辦，他們想霸占你的戲箱。哈哈，幾個臭伶人真敢在我們十三道崗子叫字號，他們大概不知道我王洛五是誰。楊頭，你這就回去，告訴他們說，錢，我是分文不添，不但不添，連這個也不給了，戲箱我是要留下。你再告訴他們說，說是我說的，教他們給我趕快滾蛋！」立催楊老闆重返戲班鍋夥去說，他自己也氣哼哼的，離開楊老闆的寓所，徑返閻王店。

戲班中的人正恃人多，七言八語地批評班主怯懦，怒罵王洛五豪橫。唱武生的賽活猴尤其憤恨，因為他早與楊玉環眉目通情，心心相印了。只無奈楊老闆夫妻，方以嫡生女兒做錢樹子，不肯放手遣嫁，而現在驀地跳出一個王洛五來，先行而後其言從之，把二女全弄到手裡。賽活猴這一氣，非同小可，不過他只是個唱戲的罷了，無錢無勢，無奈王洛五何。只可藉著這散戲班之事，力主收回戲箱。

正在這時楊老闆喘吁吁空手奔來，報告說：「王五爺變了臉，戲箱也不准給，錢也收回。」這句話如同投了一個驚雷，全班伶人一齊狂怒：「那不行，欺壓人可不行，我們二十多人，跟他拼了。」正吵作一團，突然間一陣馬蹄聲，包圍了鍋夥。

丑軍師探頭往外一看，王洛五還沒露面，他的黨羽已然調動了三四十匹馬賊似的壯漢，帶火器，持木棍，立逼群伶滾出十三道崗，片刻不准逗留。

賽活猴領著頭，稍一支吾，老大木棒，打破猴頭，別的伶人，唱武旦的，唱老生的，唱花臉的，個個挨了打，行李捲也被擲出鍋夥。馬金聲兩口子，也照樣被趕逐出來。於是，二十多個伶人，當天被趕出數十里以外，只剩本身行囊，另外沒得分文錢，戲箱全份一直搭到王洛五店內，楊老闆也摸不著邊。

同時，楊老闆借的三間房那邊，也來了一小隊騎馬的人，一色紫騮馬；人人有武器，王洛五親自出馬，見了楊老闆之妻，口說「接家眷」，把楊氏雙環一齊接進閻王店。另開小跨院，略事鋪陳，二女伶從此成了閻王外宅，楊老闆之妻硬給遷到別處，也給預備了三間房。然後，王洛五找到痛哭失聲的楊老闆，裝著笑說：「我把他們打發走，你跟著我過吧，我養你的老。你老兩口子，從此不愁吃，不愁喝，願意給我幫忙，你就到我開的賭局內幫忙。不願意做事，你就守著你老婆子，也是一個樂。」竟這麼硬來硬幹，把事情做了。

王洛五外面做得十分豪強，暗中卻也布置得很周密。那一夥伶人，他已陰遣黨羽，祕密跟綴著，直跟出數百里，眼看他們分散了，又隔過兩個月，方才停止監視。至於楊玉環、楊金環這兩個女孩子，他拿出不測之威和十分的寵愛來，雙管齊下的羈縻著，擺布玩弄著。還有楊老闆夫妻，他已然把握在自己掌內，自料兩個「窩囊廢」絕逃不出手心。他一往豪強之氣，自謂絕無問題，卻不料外面放走了一個賽活猴，也算是一個情敵在內呢。楊金環那女孩子歲數太小，不堪強暴，失身三四個月後，便日見黃瘦，得了不治之症。好好一朵花，橫遭摧折，終於被王洛五折磨病了。

光陰如箭，過了一年，楊老闆之妻忽然病死。楊老闆便成了老鰥，孤影吊獨，十分悲慘；楊玉環又把妹妹病床不起的話，對父親說了，楊班主愈加傷心。王洛五居然拿出半子之份的派頭，力慰老丈：「別難過，我給你再娶一個老伴。」楊老闆要把亡妻送回原籍安葬，王洛五說：「好的，我給你張羅。」於是撒帖打網，弄來一大筆錢。楊老闆要自己運靈柩，就便回老家看看去。王洛五說：「也可以。」於是乎雇了一輛大車，裝上靈柩，楊老闆也坐上去，一徑出了十三道崗，奔楊老闆的家鄉走去。萬不料，這一來，雖不是縱虎歸山，到底落到捕鼠鬆把，遭了意外的反噬。楊老闆在半路上，遇見了那個唱武生的賽活猴。

賽活猴本與楊玉環眉來眼去，有嚙臂之盟；王洛五強逐戲班群伶時，又曾經支使人，把賽活猴打得頭破血流。在當時，王洛五人多勢眾，賽活猴區區一個唱戲的下九流，當然惹不起十三道崗的土豪。獨怪王洛五做得太狠，把群伶逐出境，分文沒有給；一二守本分的伶人，手有餘資，還能設法改業餬口。

像賽活猴一流人物，平素縱賭貪玩，透支包銀，拖了一身債，一旦被逐，登時兩手空空，淪為乞丐一般了。幸得塞外地廣人稀，人工很貴，賽活猴仗著年輕有力，會趕大車，投入一家炭廠做工。心中痛恨王洛五，又惹不起。可是當日之仇，始終未忘。這一天，恰巧賽活猴趕著一輛大車，和楊老闆相遇，立刻叫了一聲老闆。兩個人都改了模樣了，雖僅別一兩年，楊老闆已見衰老，滿臉悲鬱；賽活猴又黑又瘦，非常憔悴。賽活猴看見車上的棺材，忙問死的是誰，又問老闆是否逃出王洛五的手心。楊老闆看著車伕，略微有一點顧忌；賽活猴到底不死心，意驅車改途，跟隨楊老闆落在一個店裡，沽酒叫菜，屏人詰問。

楊老闆一腔悲恨，喝了幾杯酒，不覺盡情傾吐實話。王洛五把他女兒當了外宅，他的妻子生生窩囊死的。自己的戲箱，被王洛五弄到他那店內，悍不發還，自己好好一個戲班，教王洛五硬給拆了。現在王洛五對待自己，還和從前一樣，有時拿自己當長親岳父看待，有時就把自己看作龜奴毛夥也似。說著，哭道：「我準是哪輩子該了他的，這輩子教他啃上了，竟擺脫不開。」

賽活猴又問楊玉環、楊金環二人，是否願意嫁王洛五，王洛五待她二人怎樣？楊老闆說：「楊金環只有畏懼，被他害得面黃肌瘦，楊玉環還能恃寵相抗。」叫著賽活猴的名字道：「你想，她們倆不過是小孩子，王洛五卻是三十多歲的壯漢子，她們倆孩子實在是情出無奈，唯恐王洛五毀害我兩口子，倆孩子這才捨身嫁給他，她倆怎會願意呢？」

賽活猴又問：「譬如我幫著你老打官司，過堂的時候，你能保得住玉環、金環的口供向著你嗎？」楊老闆矍然道：「這個，我倒保得住。不過，聽說現在的經歷老爺，乃是王洛五的把兄弟，我們告不倒他呀！」賽活猴嗤道：「經歷是把兄弟？聽誰說的？」答說：「他親口對我說的。」賽活猴道：「他親口對你說的，你就信了？現在綏化廳的通判文貴是我的表兄弟，比他這把兄弟更氣勢。你只管告狀，我給你仗腰子。」楊老闆哭喪著臉道：「你別拿我開心了，我現在又死老婆，丟了閨女，外甥女又病倒，火火爆爆一個戲班，弄得光桿一個人，你還衝我說笑話！」賽活猴看楊老闆這怯懦的情狀，實在忍不住，向地下啐道：「怎麼是笑話，哪個王八蛋說笑話！你不是怕勢力嗎？他有經歷把兄弟，我有通判表兄弟勢力更大，你還怕什麼？」

楊老闆還是灰心喪氣地說：「他真跟經歷有交情。」賽活猴道：「我也實跟通判有面子！我的楊老闆，你怎麼教王洛五拿服到這步田地了？他吹氣冒泡，空口一說，你真個就信。我也曾吹氣冒泡，空口一說，你怎麼就不信了？他親口對你說的，我也是親口對你說的呀！走，我領著你去，找我們老表去，告他一狀，管保你有贏沒輸，把你女兒，你外甥女，你的戲箱全得還你，再治王洛五一個霸占的罪名。」

楊老闆沉吟不語，賽活猴又狠狠將了幾句。半晌，楊老闆抬頭道：「到底綏化城通判那裡，好遞狀子嗎？真個的，你有路沒有？」

賽活猴知道班主膽小如鼠，只得扯謊說：「怎麼沒門路？如若不然，我就敢攛掇你了？我當年在北京搭班的時候，就侍候過這位文老爺，他是最愛聽我的百水灘十一郎，他最是好脾氣，賞過我好多兩銀子，還有文老爺現在的稿案門上，早先我們也有個認識，我們在一桌上吃過飯。老闆，你放心，這官司準贏，咱們又有理，又有人，怕什麼？只要您的兩個女孩子，上堂對口供的時候，不向著王洛五，十告十個贏，十告九個準。到底你的女兒教王洛五拿服住了沒有？她若是順到他那一頭，官司可就不好打了。可是您的戲箱是教他霸占了去，您的戲班也是教他攪散的，就打不回人來，也打得回東西來。現在咱們班裡的人，還有好幾個流落在此地，這都是證人，我可以把他們掏尋出來。」又道：「現在聽說只有馬金聲兩口子已然進了關，回老家種地去了，別位十有九個，困在這裡賣苦力氣，苟延殘喘，一個個把王洛五恨到骨髓裡去，恨不得生吃了他。

只要老闆出頭一告，您好吧，他們全願意聯名具狀子，上堂，別說是做證了。」又提到十三道崗一帶的商家紳董，和王洛五結怨的很多，早想下手毀了他，只一時沒人出頭罷了。老闆只要把狀子一遞，他們十三道崗的老鄉，管保有人出來跟著打死老虎，這就叫牆倒眾人推，現在全看老闆這頭一炮了。

賽活猴說得熱辣辣的，直慫恿了一整天兩通夜，漸漸把楊班主說得掛了火氣。賽活猴索性把炭廠的事情交代了，即日陪伴楊老闆，回鄉葬妻。等到把楊班主之妻草草入土，賽活猴立刻伴同楊班主，折回十三道崗附近。賽活猴出了不少陰謀暗算的計劃，然後架弄楊老闆，直赴綏化廳，覓狀師，寫呈子，「擊鼓鳴冤」。臨辦時，又暗暗通知玉環、金環，透了一點意思。果然二女心恨王洛五，願意跳出火坑。

賽活猴把楊老闆領到一個吃葷飯的秀才那裡，前情後話都據實說了，就請代拿主意，起草呈狀。這秀才又補問了一些話，捫著還沒有生鬍的嘴唇，沉吟道：「這官司不大好打，太擱得冷了，當時為什麼不早告？並且令愛跟被告姘居，已夠一年以上，這個事情，唉……我想，倒還有一個做法，不過，得找通關節。你閣下要知道，如今的年月，光有理不行，還得有錢，有錢才好說話。有錢才有理，你明白嗎？」說罷，眼盯楊老闆，又把眼光渡到賽活猴臉上。賽活猴忙說：「先生多費心，這是一件仗義行好的事，我們楊老闆說了，只要把兩個女兒爭出來，戲箱要出來，一定要重酬先生的。」

寫狀秀才名叫馬子蘭，笑了笑道：「那個自然，那是一定的了。不過這兩天，在下正忙，還沒有工夫辦這件案子。黑龍江王寡婦那十八垧地，就是我在下主持著的。不過，彼此全是朋友，既然找了我來，足見看得起我，我不能不識抬舉。」把賽活猴叫到一邊，低聲附耳，嘰咕了半晌。賽活猴說了好些好話。先是皺眉，後又賠笑，末後教楊老闆先出五兩銀子的筆資，說是第二天取銀子。楊老闆和賽活猴道了費心，出了秀才大門，回轉店房。賽活猴有些暗中著急，想不到請訟師竟這麼難，打官司竟這樣難打。實話不好告訴楊老闆，自己默打主意，教楊老闆在店中候他，他獨自出來，要設法摸到廳衙門，撞木鐘似的，要尋一個熟人，略通關節。

賽活猴對於文通判左右的人，一個也不認識，現在他是驚急了，硬碰運氣。事有湊巧，他在衙門口打幌，頭一個人便遇見了護宅武師張玉峰，及其師弟吳寶華。這兩位武師是晚飯後出來閒逛，劈頭遇上賽活猴這個伶人。既不似關外人，也不似良民，頭頂剃去一塊勒水紗的月亮門，氣象雄糾糾，面露猶疑，只在衙門前邊徘徊。吳寶華認為形跡可疑，上前吆喝一聲，要加盤詰。賽活猴嚇了一跳，轉身要溜，又扭回頭望了一眼。

張武師忽然認出他是伶人來，就叫住他，問道：「你不是上年在綏化城，唱野臺戲的賽活猴嗎？」賽活猴忙應道：「我就是賽活猴，唱梆子的，老爺您貴姓？」張武師道：「我姓張。」

賽活猴道：「您不是在衙門裡當差的張玉峰老爺嗎？」張武師道：「不錯是我，你怎麼認得我？」賽活猴滿臉堆歡，忙請了一個安，說道：「那年小的在本城演戲，正棚上押大令的那位官，特點小的們唱百草山這齣戲，就是小的裝二郎神。那天不但那位老爺開賞，你老還特賞我二十弔錢，我不但感念您，認識您，不瞞您說，我這回還是專誠投奔您來的呢。」

又向吳寶華請安，叩問了姓名，還道：「請二位老爺賞臉，到小的店裡坐一會兒去吧，現在我們班主也來了，正要想求您二位老爺恩典呢。」

張玉峰武師看見賽活猴雄糾糾的體格，卻是很卑屈的談話，有點羞與為伍的意思。禁不住這賽活猴好容易在衙門口，找得了兩位熟人，既可在班主面前吹牛腿，又且打官司告狀幸獲門徑，當下左一安，右一安，堅求二位武師賞光。張玉峰閒著沒事，還以為他們整班伶人全來了呢，就對吳寶華說：「師弟，走吧。既是他們班主邀咱們，咱們就去看看。他們班裡還有兩個小女孩子，唱得很不壞，咱們點兩出清唱。」賽活猴忙道：「您要聽楊玉環、金環的清唱，那好極了，我們老闆一定叫她倆侍候您。」於是好讓歹讓，把二位武師陪到他們的店內。

兩位武師來到店房，賽活猴躥前躍後的招待，先給斟上兩杯茶，隨把老班主扯到一邊，自己表了一回功，說：「這兩位老爺都是廳官老爺的親信人，跟我早先認識；我們打官司，有了門路了。」極口形容了一陣，教楊班主好好拜見去。楊班主天生怯官，聽說來的既是老爺，當然很有勢力，不論多闊的紳商土豪，沒有不怕官面的；這官司不用打，準可看贏。這樣想著，喜歡得心直跳；向賽活猴又問了幾句，忙穿上長衫，竭誠致敬，給二位武師請了安，也斟了茶，又敬旱煙、水煙。然而拿出下九流藝人的派頭，請二位武師上坐，自己垂手而立，侍候在旁邊，太恭敬了，倒把隨便慣了的二位武師鬧得迷迷糊糊，不知何故。張玉峰先問道：「你就是楊老闆嗎？你們那戲班呢？怎麼在店裡就只你們二位？」楊班主哼了一聲，伸伸脖頸，剛要說話；賽活猴人分外透機靈，搶先說道：「二位老爺，我們的戲班隨後就到，是我們兩個人先到貴寶地，投拜官廳和紳董來的。是的，我們的戲班這就到。」吳寶華一聽全班沒到，又看了看店房，好像楊氏雙環也不會在此，就覺著索然寡味，不打算久坐了。他站起身要走，說道：「等著你們團隊全來到了，再照顧你們吧。張大哥，咱們走。」張玉峰笑道：「寶華，你忙什嗎？我說賽老闆，現在我哥們沒工夫攪你，等你哪天張羅出演，我們再來捧場。現在請便吧，你不必客氣。」也就站起來，打算走。

賽活猴慌忙橫身攔住：「老爺別走，您您您聽，小的有下情。不瞞二位老爺，我們的戲班本來這兩天可到，無奈教一位惡霸恃仗勢力，硬給扣下了，連人帶東西，全套戲箱，只跑出來我和我們老闆兩個人。沒有別的說的，誰教小人認識二位老爺來呢，務必懇求二位恩典，想個法子，央求央求廳老爺，把我們的人和戲箱討出來，小人和小人的班主至死，也忘不了您二位的好處。」說著二人雙雙請安。張玉峰武師覺得這話很突兀，問道：「這怎麼回事？在什麼地方扣的？誰扣的？你們怎麼惹著他了？他是個幹什麼的？」賽活猴和楊老闆互遞眼色，低聲私議：「你先說？我先說？」楊老闆仍是怯官，叫賽活猴：「你說吧。」

賽活猴咳了一聲，咽一嚥唾沫，把王洛五擅扣戲箱，強逐群伶一案，原原本本說出來。

二武師聽了，說道：「王洛五這名字好耳熟，他就敢扣你們的行頭，你們竟這麼老老實實教他扣嗎？」吳寶華說：「你們不會跟他打架嗎？」賽活猴賠笑道：「老爺您聖明，您想強龍不壓地頭蛇，小的們不過是一幫唱戲的，怎敢和當地紳董打架？

這王洛五在十三道崗子，開著閻王店，不管住不住，一天二百錢，過往客人都惹不起他，小人們生幾個腦袋，敢跟他碰？他有上百號的黨羽打手呢，不瞞二位老爺，他還搶男霸女，白晝殺人，厲害極了。這只有求二位老爺給小的們做主，我們打算告他，無奈廳衙門又沒有門路。現在好了，遇上二位老爺，我們就是遇上貴人了。二位老爺務必開恩，幫小人這一把吧。」

賽活猴說著一彎腰，要深深請安，楊班主以為他要磕頭，自己連忙羊羔吃乳，撲登登跪下了。楊班主既然跪求，賽活猴只好協同一致，順坡而下，跟著跪下了。

二位武師大驚，連說：「這是怎的？這是怎的？」張玉峰道：「王洛五扣下你的東西，你只管寫狀子告他，有什麼害怕的？為什麼給我們哥倆磕頭呢？」楊班主作哭聲道：「二位老爺您不知道，這王洛五王五爺太厲害了，動不動開槍就打人。您只當他把我的戲箱扣下了，您還不知道他把我的一個女兒、一個外甥女兒也給……也給……」驀地紅了臉，說不出口。賽活猴替他接說道：「也給霸占了！」

兩位武師十分驚異，說道：「有這種事，是真的嗎？從多久霸占的？」楊老闆滿面通紅的，正要實說霸占二女的實情，賽活猴忙插言道：「小人們絕不敢欺瞞二位老爺。我們班主為人太老實，甘受其氣，他的令愛教王洛五霸占一年多了。是我們哥幾個太看不過，才公推出我來，幫著我們班主告狀。現在我們已經煩托馬子蘭馬秀才，代寫呈文。我們打算一兩天就往上遞，不過如今的年頭，盡寫狀紙打官司，怕不中用，總得挖個門路才行。是小人想起二位老爺來，剛才我到衙門口去，原本就是要求見二位老爺，不想您先問下來了。這也是我們班主該遇貴人，這沒有說的，二位給做主吧。只要官司打贏了，二位積的德可就大了，我們楊班主一輩子也忘不了二位的好處。」

說完又是請安，又是打躬；楊老闆也期期艾艾地說感謝的話，也是不住請安下拜。

兩位武師全是闟裡人，從來沒遇見這樣事，當時聽了，頗以為怪。教兩伶坐下，沉住了氣，詳詳細細地述說前後原委。

二伶口述前情，語極煩碎而不扼要。問了好半晌，方才明白。

二武師全是熱腸漢子，不等堅求，慨允援手，遂對楊班主說：「你們還是先把狀子寫好了，暫且不用遞，先給我們拿來，看一看，我再替你帶到稿案門上去。」賽活猴忽然靈機一動，就說道：「我們本來是求馬秀才代寫呈子的，得了，一賓不煩二主，現在一包總，就求二位老爺費心吧。」轉向楊老闆說：「咱們索性就煩張老爺、吳老爺，轉託馬秀才，把呈文寫好著點。」

兩伶說著，就請二武師一同去找馬子蘭。

二武師少年喜事，笑了笑答應了。那馬子蘭秀才，常常走動官府，倒也認識張玉峰。一見四人偕來，馬子蘭就笑笑說：

「楊老闆恭喜呀，你們的官司，有張老爺、吳老爺幫忙，這就好辦多了。」張玉峰道：「馬二爺，這還得煩你大筆一揮，我看楊老闆人很老實，也太可憐了，你多費心吧，給寫好著點。」

由於兩位武師到場，馬子蘭立刻動筆，立刻就將狀子繕好，又教給楊老闆一套話，預備過堂時好答對官府。當下楊老闆謝過了筆資，站起要走。馬子蘭說道：「這呈文你們自己遞嗎？」賽活猴道：「我們就煩二位爺代遞。」馬子蘭沉吟道：「那麼著也好，我就不用管了。」張玉峰笑道：「馬二爺不要誤會，狀子我可以替他遞一遞，為的是好快一點。至於別的事，該怎樣，還是照老例，就怎樣。馬二爺，你別脫心事。」馬子蘭這才笑了。四個人出了刀筆之門，賽活猴立刻請二武師下小館，託了又托，說了許多感情的話，把呈子交給張武師。果然官中有人好辦事，不出三天，掛牌聽審。

因為呈詞寫得很厲害，霸占強姦少女的罪狀實在重大，況且又有霸產的罪，二武師又祕密將案情稟報過了，通判文貴竟親自升堂，傳訊原告。賽活猴躥前躥後地幫忙，到了這時，卻上不去公堂，只能蹲在衙門口以外，抓耳搔腮聽候風聲。原告楊老闆被官役腳不沾地傳上來，昏頭漲腦跪在大堂之上。文通判高踞大堂，把案情冊子一看，問道：「你叫楊韻笙嗎？」楊班主供道：「給老爺回，小的是楊韻笙。」問：「多大年紀？」答：「四十九歲。」「哪裡人？」答：「直隸省保定府兒的（保定口音，兒話音重，故用「保定府兒」）。」「做什麼？」回答：「唱戲為業。」「為何事告狀？」回答：「為了十三道崗子開閻王店的王洛五，他霸占了小人的女兒、外甥女兒和小人的全份戲箱，小人的妻子因此生生被他嚇死了。小人要不然，還不敢告他，因為他還要小人的命，小人沒法子，才告他，所供是實。」又問：「你女兒真是被王洛五霸占了嗎？不許捏詞妄控。」回答：「小人的女兒實在被王洛五霸占了，現在他還霸占著呢。老爺不信，請票傳王洛五和小人的女兒和外甥女兒到案一問，就知小人所供是實。」

堂上沉吟一會兒，又問：「你女兒被王洛五霸占多少日子了？」答：「由打上年七月二十七，到現在，整一年零七個月了。小人的女兒和外甥女兒，屢次想逃出火坑，無奈被王洛五拘禁過嚴，逃不出來。小人的女兒屢次向小人哭訴，要求小人給她鳴冤。求老爺開恩，救小人父女三命！」

文通判又問：「由打上年七月，到現在一年半有餘了，為什麼不早告？可見你自己情願將女兒賣給被告，現在又因勒索錢財不遂，又來與訟嗎？一年半之久，你早幹什麼去了？」把驚木一拍，衙役齊喝堂威，在堂下偷聽的二武師嚇了一跳。再看楊老闆，更嚇得一縮脖，但是稍一愣神，應即答道：「小人早想控告，無奈王洛五監視很嚴，起初霸占小人二女時，他強逼小人夫妻齊搬到他那閻王店裡居住，明是拿小人當親戚，暗中把小人扣起來了。現在小人本班的賽活猴為證，是他眼見王洛五拘小人的情形的。」堂上聽了，說了一聲：「哦！」繼續又問了一回，遂命下堂取保候傳。狀子是准了，所有堂訊之詞，全是吃葷飯秀才馬子蘭教的答話，幸而堂上問的話，全平安答下來了。二武師齊向楊老闆賀喜，楊老闆就向二位武師道謝。於是，楊老闆和賽活猴一徑回店，等候被告傳到，再行過堂對質。

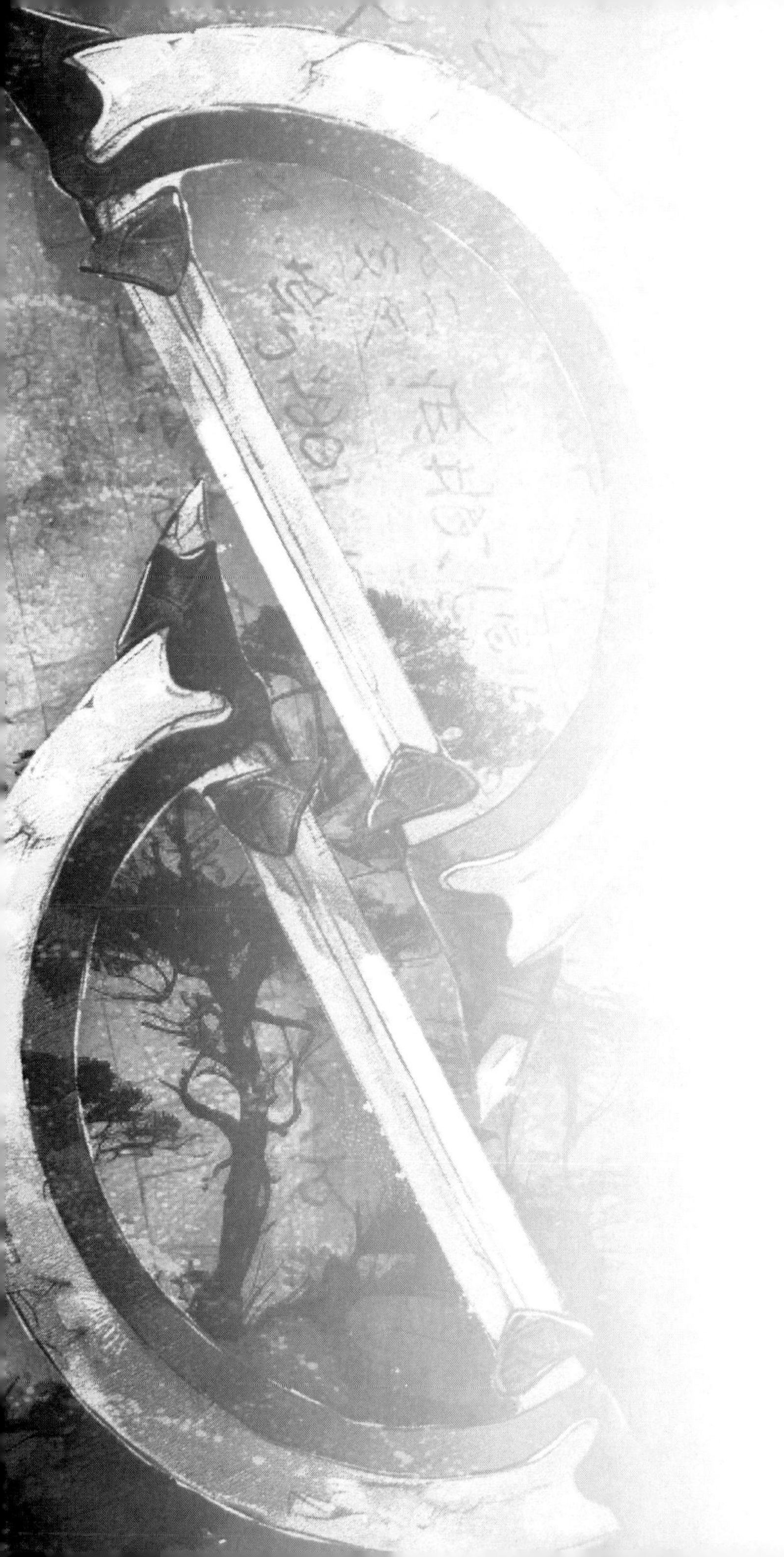

第四章　鬧賭坊計擒王洛五

過了數日，簽下拘捕被告的傳票來。楊老闆、賽活猴一再向二武師說，王洛五必不肯束手受捕，他手下有好幾十個黨羽，又與紅鬍子通氣。廳官老爺如要辦他，千萬得多派能手。

二武師聽了，也從外面打聽了一些消息，確知二伶所言非假，忙乘便稟報了文通判。但是文通判也早對王洛五有所耳聞，因此，拘票一發，立刻把二武師叫到，命張玉峰為首，撥選能手，協助四班班頭，一同辦理此案。計共派定班頭周萬蒼、小李太、李會庭、神槍余永堂等，共十餘人，由張玉峰率領，許以便宜行事。

這件案子辦得很機密，唯恐打草驚蛇，怕王洛五先期聞訊跑了，故此一切都在暗中布置。張玉峰武師，和班頭周萬蒼等，化裝潛伏十三道崗，先見了經歷，遞了公文，次即密訪王洛五的劣跡（那個經歷並未暗助著王洛五）。只幾天工夫，已將王洛五從前所作所為、無法無天的事，都訪實了。以後就該動手拘捕王洛五本人了。周萬蒼、張玉峰暗中商量，在這天高皇帝遠的邊荒塞外之地，明目張膽去逮捕他，他必要拒捕，甚至還要硬把官人誣為土匪。

張玉峰幾個人得了當地經歷的幫助，遂定下大伏窩、虎入穴的計策。這時王洛五正新接辦了一座大賭局，牌寶全有，賭徒麇集，輸贏很大，王洛五所得的頭錢很豐。他天天泡在賭局，一來鎮壓攪局的人，二來交結過往的豪客，末後索性連他的愛妾也接到賭局去了。他天天在賭局吃喝玩樂，吸鴉片菸，看人豪賭，他自己也賭。

他的這個愛妾，已不是楊家二環了。楊家二環是他的小玩物，好比一對畫眉鳥似的，生得玲瓏小巧，唱得婉轉動聽罷了，其實兩個小女孩子，除了給五爺開心以外，沒有旁的用項。王洛五這一個愛妾則不然，乃是附近村鎮的一個女光棍，有名的爛桃子王三巧。說起來和王洛五乃是同姓，同姓不該通婚，王洛五不懂那一套，什麼五百年前一個祖宗，就算五十年前是一個祖宗，他看著女人好，女人看著他好，那就該姘，往一塊姘好了。於是王洛五和王三巧，一個草野英雄，一個草野英雌，不待父母之命，不用媒妁之言，眉來眼去，一來二去，情投意合，就「天作之合」了。

這個王三巧，外間傳說她翻穿過四條白裙，她的新死的這個丈夫，據說因她靠人，含怒去捉姦，被她唆使姘夫給打傷要害，糊糊塗塗做武大郎而一痛逝世的。但新死的這個丈夫，原本也是耍胳臂根的混混，死了不白死，有他的口盟弟兄聲言要替友報仇，做一個拚命三郎石秀，或打虎的行者武松。

王三巧不怕這一套，偏偏她新靠上的姦夫，卻是個色厲而內荏的假光棍。聽說對頭天天磨小刀子，擺弄小六轉，他便嚇得不肯再幽會了，口頭上卻對眾揚言：「王三巧這個臭婊子一點人心也沒有，天生是禍水。大丈夫不能受女色的魔害，要拾得起放得下，才算光棍。別看我把她漢子搬倒，我也不要她了。你們想，她跟她男人翻臉無情，她跟我早晚脫過了新鮮勁，不也一樣嗎？」倒好像這人大徹大悟了似的，骨子裡他卻是害怕，索性遠走高飛，把王三巧孤零零拋下了。

王三巧大罵大鬧，而且大找之下，這件事傳到王洛五耳內，他不由一笑，說道：「什麼王三巧，她會迷惑四五個漢子，我倒要領教領教。」於是王洛五騎了一匹馬，帶了他的百發百中的手槍，一徑去找王三巧。王三巧水性楊花，正在追尋姘夫；見了雄糾糾氣昂昂的王洛五，是這麼人高馬大，悍勇可畏；於是乎一拍即合，二人開始姘度。只半個月，居然沒坐花轎，只坐了草上飛大軲轆車，算是嫁給王洛五了。兩個人情投意合，尤其這女人也是雙槍將，和王洛五一樣，躺在土炕上，便拿起鴉片菸槍；騎上大馬，便放得了手槍。以此特別技能，遂擅專房之寵。王洛五天天在賭局混，所以把王三巧接在賭局裡住。一來是新鮮勁，離不開；二來燒鴉片菸，躺菸燈，二人有同好，一燈雙管，正是人間的豔福；三來擦手槍，弄火器，二人是同道，正好王三巧成了王洛五的賢內助。有如此等等的情形，王洛五手下狐群狗黨，莫不嘖嘖稱讚「五爺有福」。

這王三巧真是個尤物，她情實已是三十多歲的人了，又有菸癮，花容當老，偏偏生得纖足、粉面、細腰，十分妖嬈。若不然，怎能憑一個半老徐娘，會把楊氏雙環壓下一頭！便是王洛五的正妻、旁妾，以及其他亂七八糟的姘婦，到此時也都被這新寵擠到冷宮。最可憐的還是楊玉環、楊金環，自被霸占，曾幾何時，已然被丟在腦後，這近半年的情形更加不好了。唯其如此，楊老閭的訟事才能一控而勝。若是楊老閭早告半年，那楊玉環、楊金環說不定認了命，抱定嫁狗隨狗、嫁雞隨雞的古訓，既已失身於人，也許將錯就錯，逆來順受，以終晚節，三從四德，誰敢說錯呢。

張玉峰武師、周萬蒼班頭，一行共十二人，先到經歷衙門投文報案，經歷老爺披覽公文，吃了一驚。因為來人是上差，命手下人陪著吃飯，細問過案情，便說：「這王洛五在地方上，聲氣很不好，本衙門早已暗訪過他的劣跡，正要究辦他；現在果然有人在廳裡告他了。你們幾位辦他的時候，務必要小心，這王洛五手底下很有些人，要慎防他拒捕，還要提防他潛逃。」

經歷老爺很替上差出了些主意。那公文上明明寫著密拿要犯、全拘同黨的話，口氣很嚴厲，經歷已然擔著失察的處分，此刻唯恐走漏風聲，跑了王洛五，未免自己的處分更大。因此之故，經歷老爺特意撥了兩個眼線，又調派四名幹隸，一同協助辦理本案。——王洛五在外揚言，經歷老爺跟他有交情，他們的交情就是這樣！

然後，張玉峰等分成三批，化裝來到十三道崗。第一步，便是臥底；第二步，便是朝相。這兩步辦法是同時進行的，張玉峰以下諸人，由眼線暗中指引，一一和王洛五對了盤。跟著周萬蒼、小李太班頭，挑選了幾個捕快，年紀輕、臉生、膽氣雄的，假裝賭徒，設法和王洛五及其手下人接近，這幾個假裝的賭徒，面帶草野豪莽之氣，賭起錢來大輸大贏，滿不在意似的，以此引起了王洛五的注意，好像惺惺惜惺惺，好漢愛好漢，不到半個月，居然攀交，呼兄喚弟地親熱起來。又有幾個辦案的官人，假裝收買和運販軍火的販子，到閻王店落腳。那時胡匪縱橫，頗有些不軌之徒，在濱江一帶，批發來軍火，運往邊荒土匪出沒之區，拿大價賣出去。紅鬍子得財容易，花錢自然慷慨，一支火器可賣大價，子彈、火藥也很有好行情。那時候，「自來得」剛剛出現，價錢更是奇昂。辦案的人竟帶來一桿自來得、數排子彈，說是到十三道崗換金子來的。王洛五聽見部下耳目報告，立刻要看貨。假槍販拿出兩排子彈，給主顧看，說是「自來得」現貨不在手頭，你老若是要用，可以講好價錢再看。王洛五志在必得，掏出數千現款，擲給假槍販。

假槍販就把自來得和五排子彈全真賣給他了。可是王洛五心裡很不痛快，認為賣槍的故意拿捏人，價太大了。那幾千槍價，不應該教他拿走才對，可是這事情又關係著以後採買的信用，不能恃強硬搶硬賴。王洛五便支使出黨羽來，引誘賣槍的人，到他新開的賭局，「拉八局」去。

拉八局，就是押寶。王洛五要做成圈套，把賣槍的販子大價訛去的錢，由賭局上弄回來。那槍火販當然非常好賭，只一勾引，便入了圈套。他們一夥四個人竟流連在閻王店，天天去賭。王洛五自幸得計，以為人家上了他的當，而不知他實上了人家的當。假槍販和假賭徒本因人多，恐防王洛五看著扎眼，方才分為兩批，慢慢地進身暗算他，如今倒一拍即合，聯為一氣了。而且兩引三，三引兩，越勾引越多，十二個官人都得混入王洛五的賭局。王洛五的賭局天天有十幾個人，乃至幾十個人，在那裡豪賭。南來的，北往的，伏地的，過路的，此出彼入，人頭異常複雜。王洛五不是沒有戒心，卻倚仗手下黨羽多、耳目靈、勢力厚，料到沒人敢動他。近處的官廳，如經歷老爺之流，月月受他的供奉，斷不會辦他；地方、牌頭，更要趨奉他；他放心大膽地幹，任什麼危險也不怕。但是，他總是吃這個的，儘管放心大膽地幹，就在尋常，他也是身不離槍，槍不離身，以防萬一之變。他的手槍打得很好，可以說百發百中；他不拘白晝，不拘黑夜，總有一兩支手槍帶在身上。同黨們曾勸過他：「帶這東西纍纍贅贅，五爺何必這樣小心？」王洛五卻笑說：「咱們爺們幹的就是這種行業，咱能暗算別人，別人不能暗算咱們嗎？有朝一日，來一個人找我來比武拔闖，我若不帶槍，就許栽給他。我現在槍不離身，身不離槍，要想扳倒我充好漢的人，只怕他就不敢挨近我。」這樣看來，王洛五雖然大膽，不是沒有戒備的。辦案的這三位武師，和兩位班頭，跟王洛五朝相對盤之後，果然處心積慮算計的就是王洛五身上這兩支槍，只六七天工夫，便看見王洛五以打槍為戲，抬手一槍，擊墜飛鳥。

周萬蒼、張玉峰祕密商量，擒猛虎得先拔去虎牙，捉王洛五須先弄掉他這桿手槍才好。不然的話，怕受他的反噬，而且罪狀難得，口供未取。官人捕盜，必須擒活口，動起槍來，便會有死有亡。張玉峰又和師弟吳寶華、朱天雄密議，也發愁王洛五這桿槍。還有王洛五的黨羽，在賭局出入的，總不下二三十人，多的時候，可到四五十個。辦案的官人不過十二人，加上經歷衙門暗中撥派來的幫手和眼線，不足二十人，統共還湊不到四十位。由綏化廳諮下拘捕，也許不敢拒捕，也許逼急了竟拒捕，誰敢料得準？倘真拒捕，這四十個人能不能押犯走出十三道崗？議來議去，定了誘捕之計，第一，先設法調開王洛五的黨羽，第二，要解除王洛五的武裝，第三，才可以動手。

張玉峰武師、周萬蒼班頭，故意露鋒芒，顯出江湖豪氣，和王洛五攀交，張玉峰、周萬蒼等人，與之結為弟兄。王洛五的戒心，也因此漸漸疏忽下來。於是到了五月上旬。

端午節即臨，王洛五的黨羽有的回家過節去了，賭局的人也減少，人們忙著過節。張玉峰、周萬蒼本來心焦，到了節關，心頭一鬆，互相通告道：「該著下手了，是時候了！」

到了端午，賭場擺上雄黃酒、黃米粽子，人數減少，賭局幾乎不能成局了。小李太班頭頭等人，一進店叫道：「王五爺，王五哥，過節好。剛才我到賭局找你，想不到你竟會在這裡享福。王五爺，今天賭局怎的這樣清靜？」王洛五剛到這店帳房，正倒在櫃房，噴雲吐霧，聞言睜眼說：「他們都回家過節去了，我也是剛來，剛算完節帳，媽巴子的，這一節差遠了。老李，你也來弄一口。」小李太滿臉堆歡道：「請，請，五爺您自己請，我不能弄這玩意，吸一口就暈。我說，咱們哥倆也該樂一樂了。喂，咱們還是拉八局吧，那比什麼都痛快。」王洛五道：「你自己不會去嗎？你五嫂子三巧在那裡。」小李太把頭搖得像撥浪鼓，說道：「沒有五哥在場太沒勁。我們吳子英吳老弟，最近得了一筆外快，正要跟您決一死戰，他喜歡推牌九。走，五爺，他們全等著你呢。」

正說著，周萬蒼也跑了來，進門就嚷：「五弟，你跑在這裡脫心淨了，那不行，如今不是到了節下了嗎？我們五弟妹王三巧老早就要打一副純金九連環，上次問過我。今天正好消停，咱們多抽點頭，給五弟妹湊一副九連環吧。」門口又跑進一人道：「給誰抽頭？」王洛五抬頭一看，是張玉峰武師。王洛五讓座道：「張二哥也來了，他們要給你五弟妹打金飾。」張玉峰笑道：「好好，該打，該打。打幾副？」周萬蒼道：「打一副。」張玉峰道：「怎麼就一副？至少也得打四副。」小李太道：「為什麼打這些？」張玉峰笑道：「四個人一個人帶一副，不打四副，怎夠？」幾個人都笑了：「對，對，打四副，王五爺豔福不淺，有四位大美人，誰能比得了。唐伯虎有十美圖，五爺有四美圖。」正說著，班頭余永堂也來了，湊趣道：「王五哥，你至少也該湊一桌，八美圖，才夠。如今還差一半呢。」小李太說：「你別忙，我管保不出三年，五爺一定能湊一桌。」周萬蒼大笑拊掌道：「趕到了五爺生日那天，來一個八仙上壽，那可美透了，連盛京將軍也沒有五爺的福分大。盛京將軍怕老婆，連半個小婆也沒有。」

眾人一齊恭諛，王洛五美得兩隻眼合成一條線，講到歸結，眾人還是慫恿他回賭局。他呢，雖然聽飽了四美圖和八仙上壽，可是他心上仍然氣悶悶的。緣因他最近幾日，忽聽一個官場朋友祕密告訴他說：「綏化廳最近派出四班班頭，到十三道崗一帶辦案來了。」而十三道崗一帶最近並沒有發生什麼大案，王洛五推來倒去，不覺疑心到自己身上，莫非有人把我告了嗎？是誰呢？為哪一件事情？他昨天已經託人到經歷衙門刺探。經歷老爺和文案師爺說，那是謠言，如果廳裡有人出來辦案，必要到經歷衙門投文，可是本衙門並沒有接到公文，足見這是謠傳瞎話了。

王洛五的朋友回來告訴了王洛五，又說已經轉託經歷老爺，倘有風吹草動，千萬費心關照。經歷老爺和師爺全答應了。王洛五有點放心，還是不很放心。想了想，特把本節節禮，加一倍送上去。這一回經歷老爺竟未收，措辭很客氣，卻到底不肯收，所以令人不放心，這是與往年各節不同的；王洛五又將禮物加厚了兩倍，派一能言善道的手下，第二番再去送禮。這一回經歷老爺竟派他的舅老爺，對來人說了私語，經歷和五爺的交情不在這一點上，請五爺不要誤會嫌輕，實在因為經歷現在正買了兩垧荒地，內中頗有些波折，正要借重五爺的力量給了結，他還要親去拜託五爺呢，怎能再收重禮？只要經歷面托的時候，五爺不推託，就感情不盡了。很說了一些客氣話，並重賞來人，把禮物又原封打退回來了。

王洛五為此心上不舒服：「到底經歷這一節為什麼拒收禮呢？」翻來覆去推測，測不出所以然來。要說經歷將有重託之事，故此拒收重禮，總覺情理上說不通。王洛五的一個謀士翻了半晌眼珠子，斷定：「經歷老爺將有大竹槓在後頭，故此暫時不吃零食。」別的人也這樣說：「什麼買地有波折？簡直教王五爺墊錢罷了。」王洛五將信將疑，只得丟在一邊。可是他心上總有些委絕不下。這件疑雲就陪伴著王洛五過了一個端午節。

端午節過午以後，張玉峰、吳寶華、朱天雄三位武師，周萬蒼、李太和、小李太、李會庭、余永堂五位捕快，錯落來到王洛五的賭坊，言明要賭大錢，給五嫂子王三巧打首飾。另外四個捕快，和經歷衙門派來的助手，就潛伺在賭坊左右。經歷衙門內一個隸役，和當地牌頭，假裝來拜節，進了賭局。還有伶人賽活猴和由綏化城來的一個眼線，就化裝溷到閻王店附近，設法和楊玉環、楊金環見了一面。店房出入人多，竟沒機會過話，只遞了一些手勢和眼色；楊氏雙環並不很明白，只以為賽活猴混窮了，來敘舊情求助。楊玉環居然念舊，摘頭上首飾，並荷包內兩錠小銀錁，遠遠丟給賽活猴。

此時的楊氏雙環已然失寵，住在閻王店後邊小跨院內，一天吃兩頓閒飯，除了王洛五偶然高興，叫二女來唱一段，平時早已不到她屋了。二女本是藝人，到了這步田地，儼如拘處牢籠，深感無聊，心生幽恨。天天飽食無事，睡午覺，站門口，悵悶愁煩；楊金環的病漸見輕了。此時和賽活猴見面，楊玉環又勾想當年賣藝時跋涉風塵的舊情景。那時的生涯，縱然勞瘁，卻見天日，有自由之樂，無幽禁之苦，對賽活猴不禁生了異樣的感情，很想與他一敘，又懼怕王洛五。楊金環年紀小，膽小，楊玉環卻比較刁鑽，把王洛五打給她的首飾，摘給賽活猴，實在有點洩憤的意思。她再也想不到賽活猴不是來求幫，是救她兩個來了。

但是賽活猴也誤會了二女的意思，二女擲金無吝，本為洩憤，為矜舊，賽活猴卻以為楊玉環跟他又「有意思」了。他竟著了魔，冒著危險戀戀不走，要把自己架弄楊老闆告狀喊冤的話多少說一說，一來訴舊情，二來表大功。二女動容色變，比比畫畫催賽活猴走：「若教他看見，可了不得！」賽活猴冷笑：「怕什麼？咱們舊同行，你也算是我的少女東，跟你說兩句話，還犯歹嗎？你們不要怕閻王，閻王遇上我這小鬼，哼，你往後瞧吧，教他吃不了，兜著走！」麻煩了半晌，一定要把心腹話訴訴，二女仍是膽怯。見賽活猴得了首飾還不走，楊金環催道：「你快走吧。姐姐，咱們進去吧，教他看見了，咱們就該挨打了。」竟丟下姐姐和賽活猴，先進了院門，邁進門檻，又催：「姐姐，快進來吧。」楊玉環也有些心慌，立刻跟進門內，扭頭對賽活猴說：「你的話我不明白，你說你遇見我爹，你在哪裡遇上的？我爹不是回家葬我娘去了？上廳裡告狀，是要告誰？」賽活猴道：「要告誰？怎麼我的話，大姑娘您一句也沒聽見嗎？實對你說，我不是來找你求幫，我是幫著老闆，把王洛五告下來了。廳老爺是我的舊恩上，已經派下捕頭，訪拿王洛五來了。你聽著點，不出十天，就要拿辦他。我這是來給你通個信，將來上堂對證的時候，你可要預備好了，別答錯了，狀子上告的是搶男霸女，強占戲箱。」賽活猴的嘴像迸豆似的一陣緊說，他其實也怕王洛五手下人碰著，卻乍著膽，在二女面前逞英雄，恨不得把一腔話，三言兩語道盡，越說得急，對方越不明白。楊玉環越催他走，他越要說，越說越亂。楊玉環彷彿若有所聞，忙說：「是了，是了，你快走吧，你快走吧！」賽活猴還在嘮叨，果然街頭巷尾，有人重重咳了一聲，楊玉環急急一揮手，進了院，閂上門。賽活猴方一徘徊，從那邊走來一人，上去給賽活猴一個嘴巴，又踢了一腳，罵道：「小王八蛋，瞎了眼的奴才。你知道這是誰的公館，你竟敢在這裡強討！」

這個人果然是王洛五手下一條走狗，把賽活猴當作強化緣的惡丐，痛毆起來。在巷角瞭望的那個眼線，見賽活猴挨打，眼看要被打急，忙過來，假裝過路人，把兩方勸開。賽活猴氣得咬牙切齒，罵道：「王洛五，王洛五，太爺今天受你這頓打，等著吧，咱們將來不加十倍奉還，算我不是人！」賽活猴罵罵咧咧，照預定地點走開去。這一回送密信，他本受著楊老闆的暗囑，叫他在事先千萬給二女透一個信，沒想到白挨了一頓踢打，信沒有透明白。那一邊，武師張玉峰、吳寶華，和班頭周萬蒼、余永堂，卻在賭局布好了陣勢。

李會庭等幾個人，湊在一處推牌九，張玉峰武師指名要王洛五坐莊，推牌九也可，拉八局也可。王洛五仍然是衣不解甲，身不離槍，躺在菸榻上，一路狂吸，心中仍是悶悶不悅。

王三巧和他對躺著，給他燒菸，張玉峰武師就過來催他下場，他教王三巧替他上場。張玉峰笑說：「這拉八局的事，怕五嫂子不行吧。五爺不忙，你先吸你的，我們這裡先自己湊湊。」

賭局中人立刻擺上牌寶，幾個人呼五喝六地起來。賭局的人越湊越多，卻都是一幫閒人。所有王洛五手下的人，大都回去過節，現在賭局的，不到七八個人。張武師和周萬蒼、李太和互施眼色，決定下手捕拿王洛五。於是，不容王洛五再吸鴉片菸，過來三兩個人，硬勸王洛五下場豪賭。王洛五情不可卻，菸癮沒過足，到底被這幾個假裝賭徒的官人，架弄到賭案上去。

賭了片刻，場中已有三十多人。屋子雖大，無奈人多擁擠，個個汗出如雨。那王洛五穿著綢衫，大賭起來。起初輸贏尚小，他有點心不在焉，後來一擲千金似的，連贏了幾筆大注，不禁鼓起興來，也就把全副精神都擱在賭上。越賭越熱，人人都滿臉揮汗，屋裡門窗大開，屋外也聚著人。王洛五面前，贏了許多現銀和票子，堆得很高。旁人替他喝彩，齊誇五爺手氣真壯。但有一節，天氣儘管這麼熱，王洛五身上還是帶著手槍。王洛五的尊寵王三巧，躺在賭案對面菸榻上，榻的左壁，還掛著兩桿槍。

辦案的人有一半假賭著，有一半裝著看熱鬧。張玉峰武師假裝輸急，一怒下場不賭了，站在一旁罵點子，恰好就站在王洛五的左首。小李太本在另一桌上賭，也假說牌九沒意思，湊到王洛五這邊來，恰立在王洛五的右首。班頭周萬蒼賭興最豪，叫得最凶，罵罵咧咧，真好像輸上火來，滿頭大汗，就到王洛五身邊叫道：「五哥，我又輸光了，你再借給我一千吊。」

王洛五道：「你不會找帳房支去？」周萬蒼道：「不行，我要借借您的賭運，支櫃上的錢，贏不了錢，我要從這一堆裡借。」

手一指王洛五贏的那些錢。王洛五笑道：「那不行，我這是彩錢，借給你，我就該輸了。」周萬蒼說：「五爺還在乎這個？」

假裝笑臉似的，硬拿了王洛五六百弔錢，還是不肯走，站在王洛五背後，看王洛五賭，口中仍是嘮叨：「還是五爺，你手氣怎麼這樣壯，我怎麼就不行呢？」張玉峰抬頭往四面一看，笑道：「你能跟五爺比嗎？五爺在賭局長大的，經得多，見得廣，你差多了。」口中說著這些話，兩隻眼東張西望，遞出好些眼色。周萬蒼也遞過眼色。幾個官人一齊相喻於無言，知道：「現在是時候了！」

神槍余永堂首先倡言：「他娘的，今天怎這樣熱，我恨不能連褲子都脫掉了。」對王洛五說：「我可要無禮了。」一回手把汗衫脫了，光著膀子賭。這一來，別人也相效脫去短衫。這些賭徒一向衣冠不整，今天因為是過節，又是給王三巧抽頭，把賭案擺在內室，有王三巧在場，所以眾人拘著禮貌，直到此刻，才光起膀子來。這些豪客一光膀子，王洛五也就脫去了汗衫，露出了身上帶的手槍。

王洛五的手槍一露，張玉峰、周萬蒼一行人的眼光，不約而同，偷偷瞥過來，眼角旁斜，又互相示意。王洛五身穿繭綢褲，光著肉滿膘肥、五大三粗的上身，虬筋凸出在黑赤的巨臂上，顯然威武有力。腰扎闊大的「腰裡硬」百衲兜肚，手槍繫黑纓，裝在皮匣內，垂在左臀下。兜肚鼓鼓囊囊，不知裝的什麼。王洛五贏得很多，心也痛快了，把全神傾注在賭上，這許多人不懷好意的眼風，他通通沒留神。

王洛五的槍法，是官人們最懷戒心的。他如拒捕，定要拼命；而官人辦案，卻不能捉死犯，只能拿活的。張玉峰首先發言道：「媽巴子的，真熱！五哥，我可要對不起，我也要脫小褂了。」王洛五笑道：「那有什麼？我都脫了，誰教你們拘禮來？」張玉峰道：「不是這話，五嫂子現在這裡，我真不好意思。」王三巧正在菸榻呼呼地吸菸，吆了一聲坐起來道：「張爺，您這是怎麼說？我又礙著您哪裡啦？你們哥幾個給我捧場，我還教你們受熱不成？我說諸位叔叔大伯們，哪位嫌熱，趁早脫衣裳，別拘著我，我還要脫光膀子呢。」

張玉峰笑著解開短衫紐，只敞了懷，仍不肯全脫。吳寶華說：「我不熱，我不脫。」張玉峰笑道：「你是年輕面嫩。」其餘的人大半都脫了光膀子，興高采烈地豪賭。

周萬蒼說道：「咳，五爺，你怎麼就纍纍贅贅，掛著這一串山裡紅啊！你說夠多熱！」張玉峰忙插言道：「不是的，五哥，你那手槍也該摘下來了。還有那大兜肚，我不知您自己難受不，我瞧著就替您熱得慌。」朱天雄道：「還不快解下來？人說五哥膽大，我就不信，整年整月帶著傢伙，也太小心了。這十三道崗子乃是您的天下，誰還敢到您這裡，拔老虎鬍子不成？」王洛五笑道：「我是帶慣了。不帶這東西，心上就好像短點什麼。」賭場十幾個人齊說：「摘下來吧，這個地方，這個時候，又憑您這個人物，您還怕拔闖的硬闖進來叫字號不成？就有人敢來炸刺，咱們哥兒十幾個，吐吐沫也把小子淹死了。」

七言八語一陣亂噪，王洛五最怕人譏笑他膽小，把臉一繃道：「你們說我膽小嗎？」賭徒中有一個叫王玉書的，乃是天津人，庚子之役是他縱火燒了三岔口望海樓；後來畏罪逃到黑龍江，在鎮邊軍當兵，卻天天在王洛五所開的賭局裡泡。他不知就裡，隨話說話，就自誇自己的勇敢，當年在天津，赤手空拳和天津南市的混混叫字號，真是寸鐵不帶：「當時人們都誇咱是黃天霸上連環套。」又道：「五爺在這個邊荒野地，足夠人物，若到了我們天津衛那個小地階（地階：天津土話，地方的意思），哼哼，專講究下油鍋，躺鍘刀，爭菜市，奪碼頭，一天打八頓架。不是我吹，火燒望海樓的時節，就是我一個人，一支火把，別說帶手槍，連小刀子都沒帶。」

王玉書只顧狂吹，王洛五把賭案一拍，怒瞪虎目道：「知道你燒過望海樓，五太爺耳朵眼裡聽你小子說過一百二十八遍了，說了又說，自己也不嫌討厭！好漢休提當年勇，咱們說現在的，你敢跟我王洛五比畫比畫嗎？王洛五雖然不是英雄，可是我做的事多啦，從來不肯掛在嘴皮子上。我若把我幹過的把戲全告訴你，只怕嚇破了你的苦膽。你除了燒過望海樓，還有什麼？」王玉書一見王洛五急了，立刻換出笑臉道：「五爺，今天我們是給五嫂子過節捧場來的，看這意思，五爺還要揍我嗎？官不打送禮的，咱們改日，成不成？」

王三巧忙說：「咳咳，一句笑話，你怎麼就急了。當家子，你別搭理他，少說一句吧。」再三地說，把王洛五勸住了。王洛五怒氣不息，順手把手槍解下來，往賭案旁一隻小凳上一丟，道：「這玩意解下來，不解下來，都算不了一件屁事。這是我自己的賭局，我在自己家裡帶手槍，就算膽小；不帶手槍，就算膽大，豈不成了笑話了嗎？若講究好漢，也不在這地方。王玉書，不是我說你，你太好吹了，吹得人家直吸涼氣，你還是吹。就說火燒望海樓這件案子吧，你這傢伙不管遇上什麼人，說不上三句話，你就又翻弄出來了。你自己不嫌貧嗎？我王洛五倒沒燒過望海樓，你可知道東溝子裡的雙槍將謝老發嗎？他家十七八口人，光大抬桿就有四五桿，在本鄉狐假虎威，自覺不錯似的，你知道到後來，他家落了怎樣一個結果？是怎的現在連一個人芽也沒有了？男子漢大丈夫，做一件事，不要自己吹，要聽別人怎麼說。掛在嘴皮上，有什麼勁？」

武師張玉峰、班頭周萬蒼，都曉得王洛五掛了勁，各個示意，在旁幫話，暗中各將腳步立好，繼續往下賭，賭注越來越大。張玉峰一看，自己的人已然散開了，無形中已將賭徒一個看一個盯住。王洛五又自己給自己解了武裝，正是到了好時候了。然後遞一眼色，寶盒一開，賭案上的小李太，陡然一聲怪叫，把拳頭往賭案一捶，力量很猛，把賭注現錢砸得亂蹦，口中罵道：「搗妹子的，你看這是什麼點子！」圍著賭案的賭徒詫然顧視。小李太伸著手，在賭案上一抓，連自己帶別人的賭注，一齊抓過去了。「幹什麼？幹什麼？」一陣亂號聲中又有人說：「不許賴，輸急了嗎？」小李太道：「就算我輸急了。」

王洛五把眼一瞪道：「你這人，你要在我們十三道崗撒野，你膽子真不小……」身子剛往上一起，要站立起來，背後監視他的人，急用肩膀一抗，想把他撞倒。不料王洛五確有一點力量，身子微微一側，立刻凝身站定，曲肘往外一架，把對方擋住，惡狠狠回眸一望，冷笑道：「你們！」好像已認出上了當，教張玉峰等盯上了。他立刻伸手抽槍，槍已不在身上，急急往賭案旁小凳上一撈。張玉峰剛好飛起一腿，把槍踢飛，落到兩丈以外地上。班頭周萬蒼一個箭步躥過去，恐被人拾去，用腳急急踩住，俯身奪取在手。同時，那張大賭案也被一個人猛然一掀，往王洛五身上直砸過去。王洛五大吼一聲，揮臂一格，賭案反而斜落在吳寶華身上。吳寶華急急一閃，轉身奔王洛五。王洛五獰笑道：「原來是你們來拔闖！」手中恰抄起一串錢，照吳寶華猛打去。朱天雄立刻從背後掩過來，使手法一拿王洛五的胳臂。王洛五急急一卸，轉身迎住，兩個人扭作一團，各官人紛紛圍上來。

賭局內一陣大亂，凡在賭局內動手的官人，上身都沒敢帶火器，恐被王洛五黨羽識破，只在下身肥腿褲裡腿內，緊藏著手叉、鐵尺一類短兵刃。王洛五奮身拒捕，大聲吆喝，是關照同黨速來相幫的意思。但是這些賭徒，三停有兩停是官人化裝，其餘一停，乃是十三道崗的遊民，乃是真正的賭徒。賭局內王洛五的同黨，在此刻連十人都不到，又一個個已被官人暗盯上，一個官人看住一個匪黨。在場官人一聲暗號，都掏出傢伙來厲聲喊嚷：「我們是辦案的，不是抓賭的，閒雜人等趕快蹲下，不許亂動。」又大叫道：「格殺勿論！」班頭李會庭拿出牌票、法繩、鐵鎖來，舉過頭頂，仍然喊：「閒雜人等趕快蹲下，格殺勿論！」六七個賭徒沒命地往外逃竄，外面埋伏的官人一擁上前，把賭局團團圍住，一個也不往外放。賭徒就像沒頭蒼蠅似的，亂叫亂鑽亂撞。但外面的官人，已然掏出手槍，支支槍指定在場的人，賭場內立刻又起了一陣鬼哭狼嚎的怪叫。

那王洛五，已被四五個官人圈上。吳寶華、周萬蒼、朱天雄、張玉峰一齊動手，竟沒有把王洛五弄倒。王洛五好像受了傷的猛獸，真是一人拚命，萬夫難擋。王洛五和朱天雄四手對搏，吳寶華從背後來掀王洛五的腿。王洛五猛一掙，竟掙脫，怪吼一聲，一拳搗中朱天雄的臉。武師張玉峰急急一扁身，用跺子腳，照王洛五左腿狠狠一蹬，王洛五栽在周萬蒼身邊，仍沒有跌倒。周萬蒼掉轉手槍柄，照王洛五頭頂猛砸，被他一側頭，砸在肩上，仍沒有砸昏他，他反而抱住了吳寶華，拿吳寶華做擋箭牌，使力往外一推，吳寶華幾乎和周萬蒼相碰。

但這樣相持，也不過一眨眼之間，時候稍久，便單拳不敵四手。班頭和武師四五個人聯合齊上，把王洛五抓住。張玉峰照他鼻頭搗了一拳，王洛五登時熱淚和鼻血齊下，兩眼睜不開。張玉峰大喊：「放躺下他！」朱天雄抽鐵尺一敲，吳寶華用力一扳，王洛五咕噔一聲，仰面倒地。場中只剩下王洛五寥寥無幾的黨羽，此時有的拒捕，有的遭擒，有的逃竄。等到首犯失腳，也就眨眼失去了掙扎之力。滿屋盡是捕匪的人了。外面埋伏的官人，用火器指定拒捕之人，拒捕之人相繼受捕。但還剩下一個強漢，被擠在屋隅，拿著一把刀拚命抵抗。官人齊聲喝令受捕，這人也看出情勢不對，持刀護住身子，大聲喝問：「你們到底是幹什麼的？」官人齊說：「我們是辦案的，要拿這位王洛五王朋友，交代一件官司。」這人又問：「你們有公事嗎？」答說：「當然有。」這人道：「有公事，我就跟你們走。你們只要不是砸賭局、充光棍，要真是六扇門，我就跟你們走。」這人已有受捕之意，官人齊將心一鬆，李會庭又把公文高舉過頭。不料就在這時，猛然聽轟的一聲大響，一溜硝煙，滿屋登時驚亂，眾人驚疑四顧，張玉峰武師眼光很快，只一瞥，但見王洛五的愛妾王三巧，突從菸燈旁立起，伸手摘取牆上掛的十三太保，把槍一順一放。只是一擊，已有一個官人被打中負了傷。官人急喝：「快捉！好大膽，敢拒捕！」有的往後退，有的要開槍還擊，有的往旁閃，暫避火線；唯有張玉峰武師，立身處太近，欲避無處，厲聲喝道：「住手！」

王三巧並不聽，仍要拒捕，轟然又放出一槍。張玉峰再不遑深思，猛然伏身一躍，游身而進，直登菸榻。王三巧又摟槍機，張玉峰猛一探身，往上一托槍，扁身一腿，將王三巧踢倒，十三太保大槍，順手奪過。眾人一齊動手，把這個王三巧也捆上，應捕各犯也一一上了綁。外面街上聽見槍聲，也是一陣大亂。張玉峰武師、周萬蒼班頭，認為這一番設計誘捕，不可持久，久恐生變。十三道崗有王洛五不少的同黨，也許要拒捕，要劫奪要犯，潛備的大車趕到，把王洛五趕上大車，立刻要起解。王洛五失手之後，一言不發，怒目而視，雙眸中閃閃蘊著毒火。賭局被捕的，連王洛五、王三巧，一共七個人。王洛五直到王三巧開槍搶救自己，方才打破沉默，哈哈大笑道：「老子想不到在陽溝滾翻了船，但是我還交了兩個好朋友，娶了一個好女人。」問官人道：「你們哥們先別忙著走，我看你們幾位這樣大的舉動，把我捉住不殺，一定不是仇家子了。你們哥們一定是辦案的上差，沒請教哪位是頭？貴姓？貴衙門是哪裡？」

吳寶華受了他的反擊，心中不痛快，罵道：「你也睜大眼珠子看看，既知爺們是官面，趁早咬緊牙關，閉住鳥嘴，腆出屁股來，等著挨板子，你少要充光棍吧。爺們要恭請你們大駕五花大綁，上大車。」五花大綁上大車，乃是出斬砍頭，眾官人縛賊唯恐不急，連王洛五的腳也上了木狗子。兩人伺候他一個，把他攙起，往賭局外面架。王洛五十分發急，忙道：「你們哥們也太不懂交情面子了。你們假意跟我拜把子，設計騙我，我並不惱，你們是官差不由己。可是好歹我們也盤桓過好多日子，難道一點私情也不通嗎？你們不要忙，我還要交交諸位哩。諸位為我的事，很受辛苦，我不能沒有一點人事。諸位可以把我押到店房，我叫櫃上給你們每位支二百弔錢買鞋穿。哪位是頭？另外我奉送二百兩，請他把我這場官司告訴我，難道我犯了案，連案由也不給我看不成？

諸位要知道我王洛五是個朋友，彼此都要看開點。」

其實，李會庭、小李太、周萬蒼這些老捕快，早就預備了賣案情，向被告索錢的主見。不過故意做難點，希多得報酬。

四個班頭都換了笑臉道：「王洛五我們對不起，奉官所差，事不由己。我哥們承你老兄不見外，也周旋了這些天了，朋友總拿著當朋友待。一切你望安吧，除了徇私買放不行，你想打聽案情，那不算什麼。」意思之間，要把大車拉到店房，以便索賄。張玉峰矍然變色道：「這可太懸虛！」暗衝向王三巧一指，周萬蒼向王洛五說道：「對不住，我們只求現佛，不能遠去了。我想王五嫂子總可以給我們點酒錢。」王洛五皺眉道：「也好，三巧，你聽見了沒有？」王三巧此時也已被縛，她一點不怕，嘟嘟囔囔說：「抓賭也犯不上擺這樣大陣仗，老娘不怕。你們說上哪裡，我就跟你們上哪裡，何必來這一套？你們到底是衝誰來的？」李會庭笑說：「五嫂子，請你放心，絕不是衝你來的，你跟前頭那位大哥的事，算是完了，吏不舉，官不究，我們管不著。這一回事，老實告訴你們兩口子，廳裡有人把五爺告下來了，情節也平常，請你望安，沒有五嫂子的干係。不過五嫂子拿刀動杖的，我們不能不捆一捆。只要五嫂子不再玩火器，光擺弄羌貼站人洋錢，我們就鬆套。」

做好的活局子，有軟有硬，硬的要錢，軟的洩露案情。由小李太把王三巧鬆了綁，押著她開箱開櫃，給官人拿「好看錢」，王三巧這娘們，比王洛五還橫，又不開面，只掏出幾百弔錢，再不肯多破費了。王洛五怒道：「老娘們懂得什麼？我這一進廳，一路上山高水低，全靠朋友照應，你還想惠而不費地打發地方那樣嗎？」立逼王三巧拿出許多金銀首飾，奉送給眾官差，笑道：「小意思，諸位別嫌惡。」小李太見了偌重的包金鐲子，心中大喜，連聲誇讚道：「怨不得外面都誇五爺人物，果然不虛，我弟兄這一番奉官所差，概不由己的苦處，五爺難為你全看得很開……」底下的要說「拜領」和「照應」的話了。不料老猾的周萬蒼和持重的張玉峰，同時翻了腔，喝道：「小李太，你要腦袋嗎？」過去斥責王洛五道：「王洛五，我們拿你當人物，你怎麼弄這個，你要毀我們哥幾個呀，你可瞎眼了！」大聲吆喝道：「裝車，裝車，少跟爺們弄把戲，爺們花的是光棍朋友的錢。」王洛五忙解說道：「二位太多心了，情實我手底下沒有許多現貨，所以拿幾樣首飾，這有什麼？既然諸位不願要首飾，三巧你再搜搜箱底，我記得還有幾十張羌貼，還有四個元寶，都給我尋出來。」

於是別的官人又往回拉鉤，把張、周勸住，靜等王三巧尋出四只元寶，和單元五元的一共百多張羌貼（舊俄紙幣，清庚子前後，已流行吉、黑）。王洛五賠笑道：「這兩個元寶和這幾張羌貼，跟這些現錢，是在下奉送諸位的。我知道諸位為了我這一案，在十三道崗盤桓了個把月，足見廳裡老爺把我看重了。其實呢，我不過是個開店的買賣人罷了，不錯，我接了這個賭局，我是為結交朋友，不是為發財，也不是為坑人。我這人一生口直，有口無心，不知哪句話得罪了朋友，把我告下來。我現在沒說的，當然跟諸位上廳打官司去。不瞞諸位，綏化廳我也有個把朋友，但是求外圈不如求內圈。這點小意思，請諸位務必賞臉，算我王洛五交朋友了。」客客氣氣，很說了些外場話。又說：「這另外兩個元寶，也請諸位替我收著，不知哪位是頭？請頭兒一路上多關照我。等我到了廳，我自然設法教他們在外面另給我鋪陳，和這筆錢沒關係的。這筆錢，我完全託付諸位，在路上多多照應我點。還有我那小店，恐怕還不曉得我在這裡遭了官司，請諸位上差，派一位弟兄辛苦一趟，把我們櫃房上姚先生叫來，叫他趕快預備一千吊現錢，一千兩現銀子，並給我們舅爺送個信。這一切都要諸位幫忙了。」又道：「這區區之數太少，好在現時天氣尚早，最好諸位能跟我到小店去一趟，管保和諸位多少也有點益處。再不然，請稍候片刻，等著把我們姚先生叫來，我只對他說幾句話，我另外奉送每位二十兩銀子。總而言之，這場官司，我一定跟了去打，可是我得留下幾句話，好教他們給我打點。區區下情，全靠諸位恩典了。」把強悍之氣，一掃而空，王洛五以甘言厚幣，一味央求。

這些班頭、捕快之流，見了銀子錢，如蒼蠅嗅見血腥，早已喜得眉開眼笑，把剛才拼鬥拒捕之情丟在腦後。王洛五只要求「和管帳先生見一面」，這是打官司的人的常情，唯恐家裡人得不著信，致身陷囹圄，無人搭救。殊不知任何人本身一被捕，立刻有衙門的腿子，跑到事主家，通消息，討花銷，用不著被捕的人另外花錢買囑。王洛五這一套，大概也是這樣，每人多敲他二十兩豈非是好事？左不過跟司帳見一面，談幾句話罷了。

武師張玉峰在廳衙，究竟是幕客師爺的地位，而且利害之念也看得清楚。見周萬蒼正與師弟吳寶華、朱天雄嘰咕，忙湊過去道：「你們留神，這地方可是天高皇帝遠，跟咱們關裡可不一樣，碰巧他不但拒捕，他還要戕害捕吏呢。現在還是趕緊起餌，天色一晚，再走可就難了。王洛五手底下有上百的黨羽，又跟胡匪暗中勾結，周頭你可估量著點，不要只顧找外落。」周萬蒼道：「我這裡正跟吳師爺、朱師爺商量呢。」遂把李會庭等幾個要緊人物，連經歷衙門派來的協捕的差人，都調到賭局外，祕議幾句。經歷衙門中的人首先說：「這王洛五可不大好惹，他手黑心狠極了，我們捉他容易，他要是跑了，咱們管保都得葬送在他手裡。」周萬蒼道：「不過按辦案講，咱們總得到他那店房去一趟，還有原告的兩個女兒楊金環、楊玉環，也得一同到案。」正在計議，那王洛五的對頭，伶人賽活猴已溜進賭局，此時在旁踴躍告奮勇道：「諸位老爺，王洛五這小子，在他店房裡，光大抬桿就有十七八桿，手槍八音子、七封子，更不知有多少。他手下的狗腿子，足有七八十號，碰巧今天是過節，換在旁的日子，他們就敢結夥搶差事。諸位老爺不是要傳楊老闆的兩個女兒嗎？我知道兩個女孩子的住處，我領哪位老爺去，一叫就叫出來，不過得預備一輛轎車。——您諸位千萬不要再到他們店房去了。留神吃了暗虧。」

官差看不起伶人，李會庭冷笑道：「上店房怎的了，難道還連我們都扣在那裡，剁在那裡不成？那兒還有我們的行李呢，真個的丟掉了，不敢回去拿嗎？」賽活猴忙說：「是，是，諸位老爺自然不怕，只怕王洛五教他們奪回去，張老爺您瞧怎麼辦？」張玉峰笑道：「我倒有個八面圓通的法子，管叫你們想上錢，也辦好案，不落一點閃失。」周萬蒼問什麼高見？張玉峰說出三步辦法。第一步，王洛五仍由賭局起解，裝上大車，由各官差各執火器，嚴密護行，由十三道崗起解，直趨餘慶街（今改縣）經歷衙門，如有風吹草動，可以就近調鎮邊軍協助。

第二步，在起解之先，同時舉行，由吳寶華、小李太，帶同賽活猴和眼線，去到閻王店後街，提取案中有名之被害原告之女楊玉環、楊金環。轎車沒處去找，由地方給抓來一輛草上飛大軲轆車。第三步，一俟二女趕到，即與王洛五一同起解。在起解的同時，由周萬蒼、朱天雄，外帶兩人，立即押著王三巧到閻王店去，通知案情，索取重賄，就便把行李取出來。這個主意當然穩當，大家都贊成，立刻就辦起來。

但等到分派人的時候，這些班頭各抱私心，都願意押著王三巧去拿行李，都不肯押著王洛五起解。起解的責任是大的，而拿行李的好處是多的。班頭李會庭和周萬蒼兩個人就對爭起來。張玉峰武師大怒，說道：「你們只知要錢，不知要腦袋嗎？在這地方正是紅鬍子出沒之區，真個的，這王洛五的來頭，你們又不是不知道。得了差事，不趕快走，你們再耗著吵嘴，我可不管了。我們師兄弟三個人，是奉了廳丞之命，幫你們辦案拿賊，案子已然得手，別的事沒有我們的了。朱師弟、吳師弟，上馬，我們回廳！」

吳寶華還在遲疑，張玉峰立催上馬。吳寶華真個要上馬，朱天雄忙說：「稍等一等，四位班頭你們怎麼說？」四個班頭立刻說：「張老爺別生氣，我們靜聽你老的，你老派誰就是誰，我們誰也不許推託。」張玉峰仍要維持原議，自然以護差為重。

他自己親押王洛五上道，命四個班頭分為兩撥，抓鬮定去取，兩人押王洛五，兩人押王三巧，索性把提楊氏二女的一撥人，也並在這一路，搗了半晌亂，方才起身。王洛五的起解，由張玉峰督率著官差，先給王洛五在外面披上長衫，又給帶上大草帽，遮擋住面目。其餘拒捕之犯，也押上大車，打算把他們解到餘慶街經歷衙門，按賭棍例，打一頓板子釋放，只把王洛五押到廳裡。押解官人，自張玉峰以下，都騎上馬，持火器在車旁襄護，並有經歷衙門中幾個差人，持槍坐在車上，拿槍口對著王洛五，以防不測。照這樣，由賭房開出四輛大車，二十多匹馬，一徑出了賭局，上了十三道崗通行大道。頭一輛大車，卻是王三巧，正犯王洛五押在第三輛車上。差車剛出賭局大門，門口便已聚了許多看熱鬧的人，這裡面就混有王洛五的一兩個黨羽。並且剛才的槍聲，早已驚動四鄰，四鄰紛紛刺探，都曉得：「王洛五盛記賭局出了事啦，開了火啦！」這消息不到片刻，便已傳到閻王店店房。店房的司帳姚某，正是王洛五的軍師，這軍師立刻運籌帷幄，派出幾個人奔來打聽。打聽消息的人恰巧和起解的大車碰了個對頭，立刻驚得呆了。閃在路邊，只瞪著眼，衝頭一輛車的王三巧、第三輛車的王洛五翻眼珠子，透出叩問的意思來。

王洛五在車上本來低著頭，卻在帽子底下，轉動兩眼，往四面偷看。恰好看見了自己的黨羽，他一聲不哼，裝作沒事人。容得大車往前開，開到同伴身邊時，他就要「發話」了！事情不盡如他的意，王洛五憋足了話，挨到車與人接近時，他猛然一仰頭，草帽從他頭上落下來，他的全部面容露在光天化日之下。他振吭叫了一聲：「朋友，我王洛五栽了！眾位鄉鄰看在往常咱們的交情上……」話不容王洛五說完，押車的官差狠狠搗了他一拳：「相好的，你太不夠朋友，帶上朝廷的王法，還有你吆喝的分嗎？這不是出西門，再嚷嚷，我可對不住，要堵你的嘴。」同時，兩旁押護的騎馬官人也早揚起鞭子喝道：「閒人閃開！」吧的一下，那個把脖子伸得很長，耳朵張得很開的路旁閒人，正要和王洛五遞話，馬鞭已然斜拍到肩膀上，熱辣辣地疼痛。同時馬頭也碰著他的後項，驚得他一跳，跳躲一邊了。但是官人僅僅禁住王洛五，王洛五再要說話，就要堵他的嘴。前邊第一輛車的王三巧，也被當前開路的官差盯住，只容她轉動秋波，暗透心情，來許她俏吐嬌音，自陳落難了。偏偏在第二輛車上的犯人，本非主名逮捕之人，官人對他稍涉疏忽，他居然和路旁一個看熱鬧的漢子，潛通了消息。這犯人坐在車上，把脖頸伸得老長，把嘴噘出老遠，路旁人也照樣，伸長了脖頸，斜楞了耳朵，長喙對準耳孔，急匆匆遞過去幾句話。話雖然少，人已全然聽懂。馬上官人剛剛發覺，正要舉起馬棒，那旁聽的人已然抱頭鼠竄而去了。

張玉峰武師押車在最後出來的，策馬剛出局門，便瞧見看熱鬧的人太多，離差事車太近，大聲吆喝前面開路的官人：「驅逐閒人，閒人靠邊！」吳寶華把馬韁一勒，招呼另一個騎馬的官差，把馬放開，揮動馬棒，往路邊上橫衝，看熱鬧的人哄然四散，大車四輛很鬆爽地開到大街上了。來至十字路口，立刻分途，前一撥人押著王三巧一輛車，直奔閻王店。後一撥人押著王洛五三輛，徑向綏化城的大道開過去。這時候，看熱鬧的人被馬棒驅逐，仍有人跟在車後，追著看把王洛五解到什麼地方去。有的說趁願的話：「教他橫吧，到底碰上釘子了。」有的說惋惜的話：「這一抓了去，把王洛五苦了，這一輩子完了。關外和關裡不一樣，沒事便罷，只要一經官，就是大罪了。」

在群言紛紛中，路邊獨有三兩個人，表面看熱鬧，全都默然無言，互遞眼色。

四輛大車分途的時候，這三個人也霍然分散開，有的步王三巧的後塵，奔向閻王店；有的追王洛五的大車，上了官道；另有一人先一步奔跑開去，鑽入十三道崗後街。班頭周萬蒼等，押著王三巧，開到閻王店院內。幾個官人手不離槍，帶著王三巧，直入櫃房，找司帳姚先生。姚先生不在，說是回家過節去了，再找別的人，能夠負責的竟沒有一個，都說：「我們是店裡夥計。不知道東家的事。」周萬蒼很不悅，在櫃房大甩閒話，拍桌子一鬧，鬧出一個人來，說是本櫃上的二掌櫃，現由他家裡找回來的。二掌櫃和王三巧過了話，協力答對官差，把應該付的好看錢，加一倍付了。周萬蒼改嗔為喜，把拘票給他們看了，案由抄本也給二掌櫃留下。又對王三巧送了許多空頭人情：「五嫂子，剛才你不該開槍拒捕，拒捕是格殺勿論的。不管怎說，至少得把你帶到綏化廳，過個一兩堂，那時候五嫂子本是回頭人，真許審出別的枝節來。現在我們哥幾個，多少擔點處分，把您免究了，這可是我弟兄懂交情的地方。好在票上本來沒有您，我們犯不上多攀拉了，這一點你要明白。」王三巧也早換了面目，口中不住地千恩萬謝，又重重拜託諸位：「洛五到廳，全仗幾位照應了。」

周萬蒼等在櫃房開了一會兒藥方子，最後告辭出來。那提取原告被害人楊氏雙環的官差，也就在此時，把楊氏雙環提到，由伶人賽活猴安慰二女，上了大軲轆車，追上前邊押解王洛五的車，一行往綏化城開去。

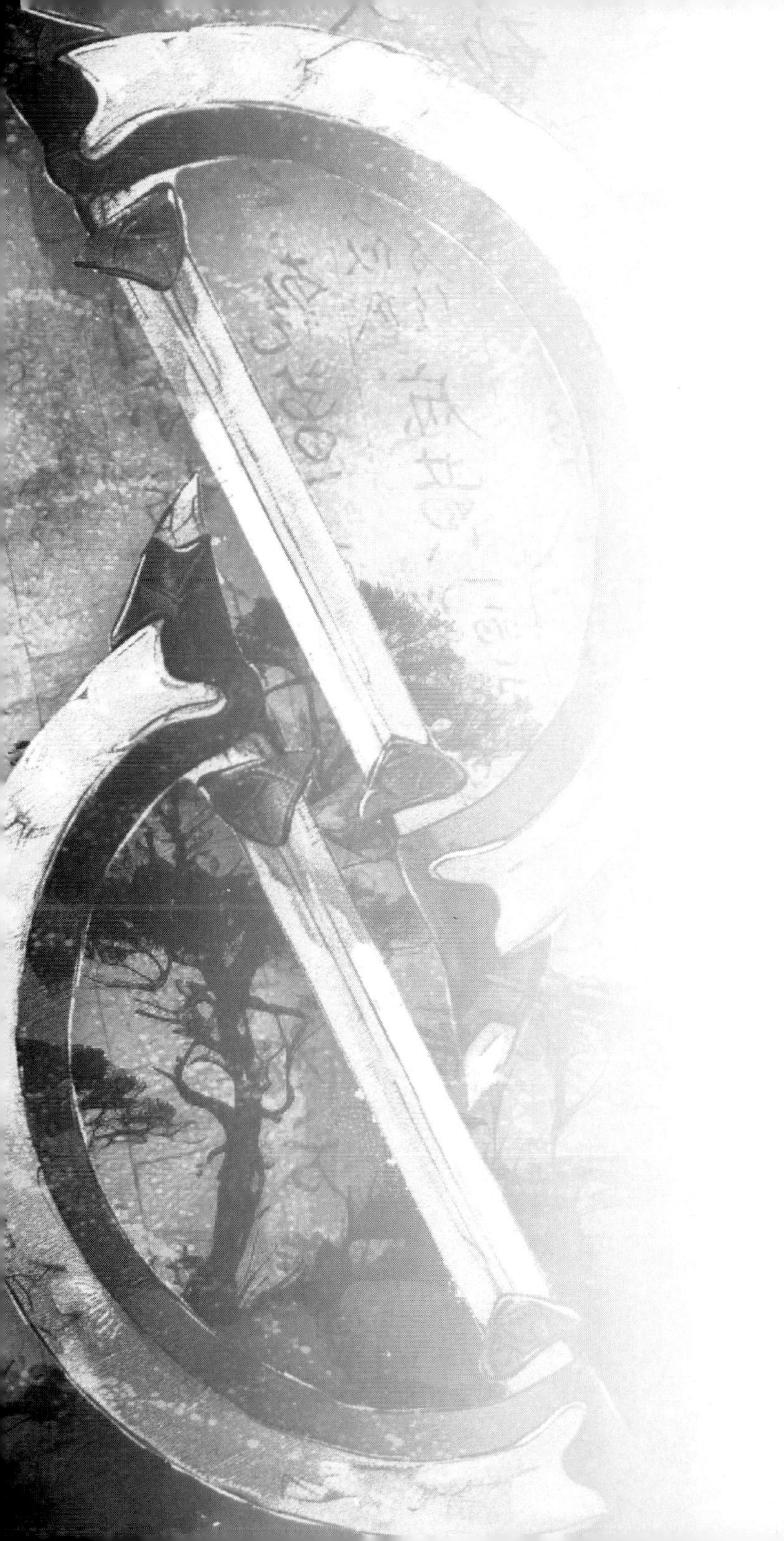

第五章　押解要犯山行鬥馬賊

塞外五月天氣，當正午時，熱得十分酷毒，能把人枯曬死。但等到過了正午一個時辰以後，氣候便漸涼，日影一沒，山風一吹，真得脫去汗衫，披上皮棉襖。官人逮捕竣事時，已然在午後申牌；等到起解，已到酉戌之交，轉眼天邊漸暮了。

李會庭、張玉峰看了看四面，古道如同羊腸似的，荒草叢生，高過人頂，把通行路掩沒。遠望黑雲當空，高山映日，泛出火焰似的山色，背日的山景，又陰沉沉染了暗碧色。三四十名官差，押解四輛大車，走在這地曠人稀的荒道上，看不見來往行人的影子，只聽見古木長林隨風的怪嘯和野草的籟籟低吼，人們心上驀地起了一種莫名其妙的戒心。大車是在當中走，前面有班頭。武師騎馬開道，後面也有官差督護，防備本嚴，卻不知怎的，人們越走，越覺著不放心。

這十三道崗子，本來路途不平，一起一伏盡多崗陵，車行在崗陵起伏之處，官人們都加一倍小心，好像料到這地方是胡匪出沒之區，怕無端撞上他們。他們胡匪和官人，處在敵對的地位上，就便案子上的犯人，跟他們不相干，他們若遇上，也要劫差事、搶犯人的。而且官人們又都知道王洛五綽號北霸天，素日便和土匪通氣，現在逮捕他，縱然容易，起解時卻怕出差錯。因為由十三道崗，起解到綏化城，路程太遠了，而在案的人犯又似乎太多，押解的官人似乎較少。

李會庭班頭，惴惴地策馬跑到張玉峰的馬旁，低聲說道：「張師爺，咱們奔哪裡走？是一直往綏化大道走，還是先到餘慶街經歷衙門？」張玉峰道：「這怎麼說？」李會庭囁嚅道：「我看情形不大好，直奔綏化，恐怕路上要生事。」張玉峰往四面看了看道：「你從什麼地方，看出不好來呢？莫非說這地方太險嗎？」李會庭道：「前途的確是有凶險，不好走。我們一直奔綏化，前站的宿處，正好是前不靠村，後不靠店。不但這樣，您再看看王洛五的神氣，實在是不對。」

張玉峰一聲不響，把馬勒住，等到王洛五坐的那輛車開來，暗暗看他一眼，倒也沒看出別的來，只覺王洛五剛被捕時，精神頹喪惱怒，此時一變，倒顯著神色興奮似的，並且他坐在囚車上，不住東張西望，若有所覺，臉上很像有所希冀。

張玉峰又看了看別的囚犯，也似乎神色不定，正在企盼著什嗎？張玉峰仍不言語，更觀察別個官人，別個官人如押後車的小李太，也似乎覺察出不妥來，一時看看前邊，一時看看犯人。犯人的眼色不停地往後面看，有的時候，竟伸長了脖頸，看出很遠，他們一定是有所期待了。張玉峰和李會庭兩個人，稍稍一嘀咕，小李太就也湊過來說道：

「案子的神氣不大對，他兩眼直勾勾地盡往後頭看，好像後頭必有救兵追來。張師爺，咱們可得多加小心。」張玉峰點點頭說：「你把周萬蒼叫過來。」周萬蒼不等著叫，只看舉動，已然醒覺，立刻也挨過來問道：「張師爺，怎麼了？莫非案子不穩，前邊有事嗎？」張玉峰道：「好像有那麼一點。」囚車照舊往前開著，幾個要緊官人展眼間已然交換了意見。對於犯人神色不定，前途的凶險，都默喻於心了，並且悄悄商好：「趁早改道，奔餘慶街吧。」

幾個官人不動聲色，暗中把話告訴了車把式。車把式依言，把車趕起，悄不聲地改了方向。大隊差不多三四十口人，都隨著這方嚮往下走，沒有一人說話。車上的犯人忍不住開了口道：「眾位老爺，走錯了方向了，這不是奔綏化廳的大道，奔綏化廳，應該往左邊拐。」說了一次，沒人答言，王洛五又說了一次，車把式照舊往錯道上趕，官人也跟著齊往錯道上走，還是沒人答言。王洛五又大聲和車把式說話：「喂，車把式，你走的路對嗎？你剛才拐錯彎了！」車把式回頭笑道：「沒錯，這是當走的道。」王洛五道：「你分明走岔了，再往前瞎趕，可要錯過宿頭了。」車把式一味裝傻，王洛五不由犯了老脾氣，大嚷起來。登時驚動了押車的官差，齊向他吆喝：「五爺，五爺，你可給我們留面子，我們才好給你留面子。半道上走得好好的，你嚷個什麼鬼呢？」王洛五賠笑道：「我是告訴他，這不是往綏化廳的大道，他把車趕岔道了。」周萬蒼笑嘻嘻地走近囚車道：「王五爺，人家沒走錯，是你想錯了。你老心想著一定要把您解到綏化城，其實頭一步還得把尊駕先解到餘慶街經歷衙門那裡，您在那裡過完頭一堂，歇上一天半天的，再把您轉到綏化廳，這中間還隔著一個衙門呢。」王洛五嗒然半晌道：「原來我是先到餘慶街，後到綏化廳嗎？我分明記得諸位一開頭告訴我，說我的案子是在廳裡，怎麼會轉到餘慶街了？剛才臨上車的時候，我還聽眾位哄嚷著說：直奔廳衙。到底是為什麼臨時又改了道呢？」官人一齊笑道：「那許是您聽岔了，再不然是您想左了。對不住，趕路要緊，有話等到了地方再談吧。」立刻一陣傳呼：「馬前，馬前！」夾雜著皮鞭策馬之聲，四輛大車加緊攢行，速度較前超過一倍了。把個王洛五在囚車上顛頓得和皮球一樣，一顆頭碰了許多疙瘩。

直到太陽西沉，方才走出十三道崗子的末兩崗。遙望前途，仍然看不見打尖之地。武師和班頭恐錯過站頭，力催大車加緊趕路。曲折前途，約莫著前後已經走出三十里地，車越走，越發加快。在這車聲轔轔、蹄聲踏踏之中，突然聽見很清脆的吧的一聲爆響，分明是子彈破空聲。眾官人不禁仰面尋看，覺得情形不好，急忙尋看，槍聲似出於側面林叢，直掠頭頂而過。跟著又響了一聲，眾官人忙又往後尋看，覺得槍聲又似出發於背後。

張玉峰武師、周萬蒼班頭，大聲地吆喝：「停車，停車！」

眾人一齊趨奔近處土岡，借物保障住一面，隨即把馬勒住，車也停住。跟著招呼了一聲，立刻紛紛下馬，護住囚車。四輛囚車緊在一處。趕車的把式，按尋常遇見胡匪的慣例，把車往路上一丟，人便跑到路邊一蹲，沒有他的事了。卻不知這是官差，不是商旅，官差一陣怒喝，把車把式催起來，仍叫他跨上車轅，等候命令。幾個官差望空還槍，身子伏在亂草中。幾個官差快快地奔跑，把周圍形勢匆匆一看，快快地定了趨避的方向。「左邊有警，後面有警！大車還是趕快往前邊闖，往右邊開！」一面喊，一面繼續尋找槍聲的來路。就在這時候，槍聲如密雨亂發起來。側耳細辨，聲在後方，同時後方也已發現了驟馬飛馳的蹄聲。

「哦，十三道崗子有人追下來了！」左側叢林果然轉出二十幾匹馬，馬上的人開槍往這邊攢攻。只有一樣，雙方相距尚遠，目光可以望見人影的顯現，火槍卻不能瞄準。眾官人一齊聳動：「果然有了劫差事的了！」張玉峰、李會庭、周萬蒼、神槍余永堂，到了這時，把心神鎮住，一手扯馬韁，一手提手槍，搶到囚車兩廂，催促車把式：「休要怕，往前闖，闖！闖！」騎馬的追兵正是北霸天王洛五的死黨。王洛五猝然被捕，他們也倉皇失計，現在剛剛糾齊了人，就追下來了。分為兩撥，共有五十多人，全是快槍駿馬，他們繞道緊迫，居然趕出三十里，便趕上了。頭一聲槍聲，乃是他們的暗號，通知兩撥人馬，往一處兜合。官人驟然遇變，不知追兵多少，倉促間還想下馬拒戰。殊不料人家的馬快，官人策馬驅車而行，人家還要追上，這一下馬護車，反倒落入抵面交攻的情勢之下了。王洛五的黨羽兩撥馬賊，火速地追上來，到達夠上火線之處，立刻下馬，往囚車這邊開槍示威。目的不在傷人，實在要截路劫囚。彈丸如雨，只照下三路打來，未傷人，只是先要傷馬。官差這邊迤邐闖躲，躲到一道較為高峻的土岡後面，便不再闖，立刻列成陣勢，開槍拒鬥。馬賊人少而槍多，人又是亡命徒，捨命攻土岡，要越崗過來奪囚。官人這邊人多而槍少，內中又有些膽怯的，與賊相形之下，倒像勢弱。而且虛實不明，主客異勢，賊人既敢青天白日，硬來搶救首領，那一定是來者不善，善者不來。因此之故，雙方交了鋒，馬賊一味威逼狂罵，叫綏化廳的腿子們，快把王洛五放了，饒了你們。官人這邊倍覺驚惶，雖然還擊，總想奪路速走。而且天色也不利，漸漸日暮了。一到夜深，賊黨勢必越聚越多。官人們個個著急，隔土岡相鬥了片刻，官人已有兩個掛綵。有幾個悍匪，突然三番兩次硬闖過來，被官差一排槍，登時打回去，但是他們從這邊繞不過來，轉眼他們又從那邊撲上來，情形是越來越顯得吃緊。

張玉峰和李會庭，看出戀戰不妥，硬拒非策，立刻吆喝同伴：「還不上馬奪路！剛才已經探問明白，距此不遠，最近的一站，叫做劉家燒鍋。」官人互相傳告：「快開車奔劉家燒鍋！」

車把式在這惡鬥的局面下，已然失去駕馭之能。張玉峰忙命自己人，趕快跨轅趕車。張玉峰自己就舍馬登車，命師弟吳寶華執鞭打馬，他自己坐在車廂後，背朝前，面衝後，一手持手槍，和囚徒王洛五背對背，膝下放著一支十三太保，另外一隻手，提一把利刀，向王洛五威嚇道：「我不怕劫差事，只要誰敢上前，我頭一下先打死差事！」兩眼怒睜，做出拚命的樣子，叫王洛五勿要生心圖抗。周萬蒼、李會庭也照樣，都舍了馬，上了囚車，與囚犯共生死，拿囚犯做了擋箭牌。他們就分為二路。朱天雄與兩個官差，持槍上馬，驅策著十幾匹空馬，當先開路，落荒往前闖。一陣塵煙過去，夾雜著槍聲，引得劫差之賊譁然大叫：「腿子們跑了！」當此時，日色已昏。荒草塵煙中，看不清人數多寡，群賊一迭聲叫道：「跑了，快追！」

官人這邊張玉峰、周萬蒼、李會庭等驅車奪路，到底闖出土岡。群賊立刻上馬跟追。但土岡後面還有斷後的官人，那是神槍余永堂為首，他的十三太保很有名，可說百發百中，他尤其擅長騎著馬開槍。群賊剛搶上土岡，余永堂連發幾槍，把兩匹馬打傷，把賊摔下來。馬賊一陣大嘩，亂嚷道：「崗後還有埋伏哩！」立刻往後路退，開槍照土岡攻打。為首的賊人也很有指揮之力，把同夥分為兩撥，這一小撥在步下攻打土岡；那一大撥，就騎上了馬，繞道緊迫囚車。

余永堂專司斷後，一看賊人的攻勢，竟留出少數人，把自己圈住，大隊仍要追截要犯。這一來自己斷後，反而落後，恐怕落在夾擊局面之下，立刻招呼同伴，猛烈地開了一排槍，悄悄退出土岡，快快地上了馬，追逐著囚車的征塵，從斜刺裡飛奔過去。

護差的官人，和追截的強賊，恰恰一前一後，夾成四層。

在這塞外荒郊，此逃彼追，此攻彼拒，只聽見子彈吧的一下，吧的又一下，跟著發出掠空之聲，哧哧然怪響，夾雜在馬蹄和車輪顛頓聲中。強賊的馬全都神駿，官差現征來的車全部破舊。這麼被迫疾鬥，起初距離稍遠，彈發無功，漸漸便夠到火線了。押車的官人，有的受了流彈的傷。張玉峰武師和周萬蒼班頭，急得怪嚷，把馬鞭猛打駕轅的馬，前途有路，驅車如飛前奔。眾官人恨不得一步抵達前站，卻必須把追兵略略甩開，又必須把自己人會在一處，方保無虞，也好交差。前邊那四輛大軲轆車，一直奔到古道上，忽然一轉，竟落荒而走。這大軲轆車又名草上飛，馳行草地，最為相宜。張玉峰武師驀地在車廂上一長身，向後大叫，意思是催斷後的人，快快跟上來。斷後的人立刻望見，也發聲大叫。後面緊迫的馬賊，立刻也答了話，卻不是空言，吧吧地發了一排槍，子彈哧哧然掠過張武師的草帽。張武師趕緊俯下腰，被同伴扯過去，連叫：「小心，小心！」張武師笑道：「不要緊，他不敢真打。」同伴道：「這豈是鬧玩兒的，他們憑什麼容情？」張武師一拍王洛五道：「他們怕傷了他們頭。」果然，王洛五和同時被捕的二人，這時都做了官差的護身符、擋箭牌，群賊彈發如雨，只是上打天空，下打馬腿或車輪。

一霎時子彈亂飛，此奔彼逐，又追出二三里，不但夠上火線，簡直地彼此可以相望通話了。大軲轆車儘管馳行草地最宜，總不及匹馬單騎周旋如意，履險如夷；而且草地上也是陂斜不平，常有大石塊；大軲轆一碰上，車輪便碎。所以車行須擇途，馬馳全不顧；又加上群賊個個騎的是關外「狼掏腚」的良駒，比起官馬，比起臨時抓來的駕轅駑馬，簡直不啻龜兔競走。於是「趕上了，趕上了！」群賊馬上加鞭，一陣陣怪喊：

「站住，站住！快降！快降！媽巴子，再不停，全打死你們！」

官人奔得滿頭滿身大汗，卻誰也不敢停，都曉得馬賊手段歹毒，而北霸天王洛五收拾對頭的狠辣，更叫你嘗上求死不得的酷毒。捕快小李太驀地從車廂立起，屈指大罵：「憑啥站住，你奶奶個皮，劫官差就是造反，剮不了你！」為首一賊大罵：「再不站住，亂槍打死你們！」小李太還罵道：「打不死你！」對罵聲中，為首那賊，策馬飛奔，早將一桿槍舉起，一平，一放，吧的一聲脆響。同時，小李太也早悄悄把手槍隱在車廂後，也一抬手，一平，一放，吧的一聲脆響。小李太怪叫一聲，倒在車廂。車廂中官人吃了一驚，張眼齊看，突然見那為首一賊，也一聲叫，身形一晃，想是被奔馬一顛，斜身一溜，突然栽下馬來，連人帶槍，一齊墜地，那馬仍然往前奔。官差一齊歡呼，群賊一齊怒罵；怒罵聲中，奔馳來數騎，跑到落馬人跟前，跳下馬來扶救。落馬的人好像皮糙肉厚，沒受致命傷。眼看摔得不輕，竟一骨碌跳起來，破口大罵。官差在狂喜聲中，把車趕得飛快，仍然往前闖。群賊激怒，起初跟綴，顧忌著官人的開槍還擊，又怕誤傷自己人，他們儘管窮追。中間仍留著相當距離。這工夫，那落馬的賊好像是首領，因受傷而大怒，厲聲發令：「追，追，追！打，打，打！」重新跳上馬，加緊往前趕，群賊把馬韁放開，霍地分兩翼，兜抄上前。約莫趕出半里地，前後相距越近，賊人喊一聲：「開槍！」把馬一齊勒住，就在鞍上，端槍開火。吧吧吧，驟然一陣急雨，泛起一片硝煙，登時流彈亂飛，整整開了一排槍。然後又喊一聲：「追！」群賊又把槍挎起來，馬上加鞭，復往前趕。

這樣，追到分際，便開槍打，打過一排子彈，又放馬急追。且追且打，展眼又趕出一里多地，前面逃跑的官人，四輛大軲轆車排成一串，馬鞭如雨點似的亂打，打得馬負疼狂奔，就像一條線，一溜煙似的，掠過草地，直奔劉家燒鍋。斷後的數騎官人，也把馬拚命地打，打得馬四蹄翻飛，漸漸跟上來，尾隨大軲轆車後面，曲曲折折，合在一處奔；一面奔，一面還槍往後打。賊人追得近時，他們開槍；賊人停住馬放槍時，他們就加鞭逃；如影戲似的，又如走馬燈。卻是追兵越趕越急，情形越來越緊，官人們人人跑得喘不過氣，汗如雨滴，馬也噴沫。但是，這路途也越走，距劉家燒鍋越近了。遙遙望見劉家燒鍋那座高大的碉堡，聳出土坡叢林之外。叢林土坡之後，便是一個市鎮，劉家燒鍋就在市鎮的核心，略略偏北。餘慶街經歷衙門的官差，頭一個發出欣幸的叫聲：「快到了，到了，就在前面了！」且嚷且回頭，可是他的嗓子已然啞了，人也嚇得快傻了。官差一齊大喜，群賊一齊大罵。繼續著奔逃，繼續著追趕，漸漸追近劉家燒鍋時，官差的車馬越跑越快，群賊的馬隊反而越跑越分散，往兩廂兜繞了。

這其間自然有緣故，官差將近四十人的馬匹，馬賊隊也有四五十名，這差不多共有百十來匹馬，再加上四輛車，飛奔起來，輪聲蹄聲，宛如驚霆疾雷。當官差剛剛望見燒鍋的碉堡，而碉堡上的人早已聽見追奔的駭人聲浪，又加上哧哧然破空的火槍流彈聲，劉家燒鍋的護院把式立刻報告了東家，東家鳴鑼聚眾，霍然地關上了堡門，把式擺好大抬槍和土炮。劉家燒鍋全鎮上（這自然是個燒鍋名，同時也成了一鎮的地名）大大小小商民各戶立刻也聞警知變，霍然地鋪家上了板，民家閂上門。同時，守望相助，壯丁全數上了房，有的上了牆，有的上了土堡圍子牆；火槍、快槍、花槍，滿都亮出來，並且男男女女互相驚呼傳告：「不好了，大隊的馬達子，又來攻咱們來了！」塞外邊荒，這沒有別的招，只有自救。「開槍打東西，一個也別放進來！留神他們火攻，可別像去年冒冒失失上當！」

劉家燒鍋全鎮動員守堡禦盜。綏化廳的官人、餘慶街的捕快，揚鞭打馬，一直投奔過來，恰恰正頂著炮口。四輛大軲轆車星馳電掣，後隨三十多匹馬，狂奔如風，遠遠地大喊：「快開門，我們是官面，我們是綏化廳！」呼喊聲中，一座土炮轟發出一炮，炮子鐵砂瀰漫天空，越過了四輛草上飛，直打到馬蹄所過的飛塵影裡。後面緊追的賊隊早霍然分開，炮子恰讓過官差，落在空處，恰擋賊隊的前途，卻將官差嚇得亂叫。其實，燒鍋炮臺上，那四個炮手，的的確確已看清楚，這前奔的四輛車，內有囚犯。炮手旁邊站著劉家燒鍋的東家，正用千里眼望遠鏡，仔細觀看來隊，並且，的的確確，已然看明，前逃者是官面，後追者必是馬達子。他們當然不敢傷官役，可是他們仍要成心故意，連開了這樣四炮，為的是打草驚蛇，震嚇賊黨。這一來嚇壞了前行的官人。張玉峰武師是關裡人，不知關外風俗，連呼同伴：「不好，前面開炮，後有追兵，他們一定誤會了，我們快快地繞著走吧，不要進到劉家燒鍋了。」周萬蒼班頭卻說：「不要緊，只管往裡闖，他們這炮正是幫我們的。」吳寶華也嚷：「萬一叫他們錯打了呢？」李會庭說：「決計不會誤傷的，我們快把憑據亮出來。」立刻把那公文黃包袱抽出來，掛在槍上，高高挑起來，又把紅纓帽，帶月光的號衣，也挑在槍尖上。一面仍舊冒著砲彈的硝煙，硬往劉家燒鍋街裡鑽。劉家燒鍋全鎮守望的人，共有四五只千里眼望遠鏡，由望遠鏡窺見了四輛大輪車上的囚犯，雖無囚籠，也非囚車，但已看出犯人手銬腳鐐，戴得很全，而且又望見大車上所插的小旗子，旋即看見官人們高高舉起了紅纓帽、黃包袱、號褂子。守望人馳報劉家燒鍋本鎮的牌頭，這鎮頭就是燒鍋的東家劉某（張武師已告撰人，撰人忘未筆記，今姑假名為劉靜波），劉靜波是本鎮有頭臉的紳士，按理說，應該協助官人，抵擋土匪，卻又怕中了「誑城之計」。

劉靜波的謀士，是燒鍋的二掌櫃兼司帳，也有小股，好像他姓馬。馬二掌櫃是山東人，肚裡有幾部寶貝，號稱三案五義，如同四書五經一樣，那就是施公案、彭公案、於公案，大八義、小五義、續小五義、三國演義、列國演義。他是本鎮上唯一有學問有本事的人，敢於結交官面，招待過路豪匪。他登上土圈子，憑高下望，立刻想起了諸葛亮老先生的「空城計」。

吩咐護圍把式：「一門大開，三門緊閉。」門側布下了埋伏兵，反用諸葛亮在西城的妙計，把幾位打槍最準的好手，調派在開了門的土圍子圍牆上。這開著的堡門，與官人和馬賊的追逃正路，恰好相反。追逃之路在東面，他便大開西門，為的是前面逃來的官兵，後面趕上的土匪，必須繞圍城半匝，方能入內。

當他們繞道時，土圍子上面，盡有埋伏，可以察看虛實真偽。

馬二掌櫃吩咐已罷，陪同東家，站在土堡碉樓之上，倒沒有羊羔美酒，也沒有設琴，每人提了一桿自來得，這是當時最難得的火器，督視炮手，相機行事。炮手先開了四炮，又奉命復開了三炮，便即打住。十數支大抬桿，也轟擊了一陣，忽然鴉雀無聲地停住了。

這工夫，官人驅車狂奔，撲到東門，大聲吆喝道：「快開城，我們是綏化廳辦案的官差。我們是餘慶街經歷衙門辦案的官差。」燒鍋中人認不得綏化廳官差，倒認識餘慶街經歷衙門一兩位差人，這差人到他們燒鍋征過酒稅的。這差人大聲地喊：「劉當家的，馬掌櫃的，快開門，快開門！」此時堡中的抬槍雖說已停，仍不免誤發出一兩聲槍聲，後面追賊也發槍亂打，前面官人提著喉嚨喊，竟裹在轟擊聲中。堡上人只望見車上馬上的官人，伸脖揮手怪嚷，嚷的什麼話一個字也聽不出。雖然聽不出，卻看得明，猜得出，是呼助，是叫關，是請求派兵點將，替他們打退追兵。燒鍋軍師馬二掌櫃於是乎把一顆頭一搖，又一點，這才吩咐：「照計行事！」把式們在土堡堆口後藏伏，露出頭臉，向奔馳叫門的官人發話：「西門開著呢，你們快奔西門！」這也是瞎嚷，堡上和路邊隔得遠，槍聲仍響，人又跑得亂喘，堡中人的話，官人照樣一字也聽不清。雖然聽不清，手勢亂比，後邊追來的賊又分兩股逼到，這四輛大軲轆車為勢所逼，東門叫不開，自然而然，繞城而逃，繞到西門了。於是，官人驅車繞到西門外，逃進西門裡，一進西門，堡門立刻關上。所有劉家燒鍋全鎮的壯丁掃數上了碉堡，所有的火器都槍口衝外，瞄著土匪追趕的來路。一聲號令下，「打！」

全鎮火器衝馬賊奔馳塵土大起處發去，乒乓乒乓，硝煙登時迷漫全土堡。牌頭劉靜波和軍師馬二掌櫃，一手提自來得，一手舉望遠鏡，從碉堡探頭，往外往下尋看，已看見官差的車和馬，相率逃進來，又看見馬賊的三十多匹快馬分為兩路，包抄土堡，竟被這堡上一陣排槍所迎擊，霍地落荒退回去。軍師大喜，自慶指揮如法，抗賊得策，竟請東家下碉樓招待官人。守堡壯丁也大喜，掀技思試，今番幸得機會，開槍禦盜了。他們竟不管硝煙散布處，究竟傷了幾個賊，他們只顧逞高興，一味吧吧排槍亂打，「轟轟」地抬桿亂放。殊不料堡牆為硝煙迷住視線，馬賊剛往前一衝，遇敵倏往回急撤，這工夫群賊已然兩路歸一，齊退到一個土坡後面，紛紛下了馬，借物障身，觀望堡圍，暗打主意。

為首的馬賊一定要救出王洛五，切齒咒罵劉家燒鍋的打攪，一面派出三個探子，悄悄撥荒草、走荒原、舍寬道、穿小徑，慢慢往土堡跟前哨探虛實，一面不等到探子回報，親自掏出千里眼，爬上土坡，看了又看。看罷，立刻吩咐夥黨，在土坡後只留下四人四馬，盯著跟土堡打，他自己竟潛率十幾個馬賊，偷偷地牽馬步行，往回退下去，又斜抄上前，潛度荒原叢林，從斜刺裡剪截去路。官差們要想潛押囚車，繞堡西奔，再折西北投餘慶街，再抄道而回綏化廳交差，此刻已然不能夠。這為首馬賊竟把全隊潛調過來，並且沿岔道下了卡子，把要路口，全行堵住。為首馬賊罵道：「你們在劉家燒鍋藏一輩子吧。你媽巴子除非別走，你只一走，爺爺慭著你呢！」恨恨不已，檢點同伴，裹傷設防。就在馬賊布防下卡之時，劉家燒鍋的壯丁，在軍師指揮之下，用排槍攻打土坡潛藏賊人之處。隨後又開炮攻打。打了好半晌，不見動靜，他們又受官差的慫恿，竟亮大隊，殺出堡外。人多槍利，喊一聲，直往土坡攻去。土坡後留守的四賊四馬，與堡丁支持半晌時辰。堡丁開槍，他們停擊，堡丁住手，他們便發一排槍。一排槍共四響，由這四響，勾引得土堡上快槍、抬桿、火槍，亂哄哄狂擊一大陣。容得土堡稍停彈擊，他們又逗上一逗，或發排槍，或遣一人登坡探頭指罵。這本是誘攻之計。可憐賽諸葛的馬二掌櫃，只顧走下碉樓，向官差寒暄、道勞、道驚，言外自表功，竟忽略了他的對手，反而中了外面司馬懿的空城計。四個賊據守這一道土坡，竟誑了劉家燒鍋數百發火藥。就在火藥亂發，震耳欲聾聲中，大隊馬賊斜抄到土堡西門，橫卡住官人欲歸之路，悄悄埋伏下了，馬二軍師一點也沒想到。劉家燒鍋的全鎮壯丁，耀武揚威攻打了一陣，以為賊人勢已不敵，旋報告牌頭和軍師，竟整隊出發，開堡門追擊逃賊，先開出一小隊馬隊，約二三十騎，後開出一大隊步隊，足有七八十號人，一鼓勇氣，衝殺到土坡。

一排槍攢擊之後，從四面包抄，把土坡占領，再尋賊蹤，已然沒了人影。俯察戰地，只發現空子彈殼，和數堆馬糞。這分明是四個司馬懿，跨馬棄坡逃跑了。

壯丁大獲全勝，立刻齊隊班師，由東門殺出，現在繞堡一遭，走南門，過西門而回北門，沿途不見賊蹤，殺馬賊救官差，奏凱回堡。領隊的人齊贊軍師妙計，用這種殺四門的戰法，居然把賊人打退。牌頭吩咐擺酒，款待官差，問官差辦的什麼案件，是半路遇賊，還是賊人安心劫奪差事？班頭周萬蒼、武師張玉峰說是賊人故意追搶要犯。問要犯是誰？餘慶街的官差回答：「就是十三道崗的北霸天王洛五。」牌頭劉靜波、軍師馬二掌櫃不禁一驚。互相顧視道：「怎麼是王洛五？他不是十三道崗的人物，現開著閻王店的嗎？」王洛五的勢派很大，劉家燒鍋跟他算是鄰鎮，彼此聞名，都算是地方上出頭露臉的人物，不料今日劉牌頭做了招待官差的主人，王牌頭竟成了階下囚。劉靜波擔起心來，暗遣一個伶俐夥計，給王洛五送去一份好酒飯，說了安慰的話，表面上是善鄰敘舊，骨子裡還防後患，套交情，留下日後好見面的餘地。原來王洛五被捕剛半日，烈日下，踏荒野起解，當不得苦曬，人已改了模樣，又一臉沮喪之氣，劉靜波竟不認得他了。王三巧是個落拓女人，在十三道崗芳名豔布，劉家燒鍋卻是不曉得她，故此抵面不相識。便是楊氏雙環，人們雖然看過她們的戲，如今被賊追趕，連驚帶嚇，也都失了豔容，滿臉帶出囚犯相，此刻連賽活猴都押在燒鍋客房。燒鍋給官差壓驚設筵，酒飯以後，官差即整車要走，劉靜波拿出辛勞祿來，給所有各官差。官差自然是笑納，既幫了大忙，又給錢，焉有不收之理。官差齊誇劉牌頭真是人物，可稱外場朋友。劉牌頭又說：「王洛五和在下雖不認識，究竟他也算十三道崗的一個好漢，現在也犯了案，他自己受。在下現在有點小意思，拜託諸位，多多關照他。不過諸位要明白，我和他實在沒交情，誰也不認得誰，我不過看他落到這一步，怪叫人心上難過的，故此替他鋪墊下，諸位可別誤會我姓劉的別有用意。」周萬蒼立刻說：「劉掌櫃真有你的，你這份居心，咱們常在外面混飯的人，全都明白，你請放心，你這番好意，不但我弟兄佩服，就是犯案的王朋友，他也該知道知道。」

周萬蒼說著，把王洛五帶出來，與劉靜波相見，告訴王洛五：「人家劉爺念你也是個人物，現在拿出五百兩銀子來，叫我弟兄替你鋪墊一下，你看劉掌櫃，真夠交情。」意思是教王洛五當面謝過。王洛五心中蘊怒頗深，若不是劉家燒鍋助陣，他們黨羽一定把他奪回來。如今不消說了，總算自己倒楣，但是當場仍得擺出光棍譜來，滿面笑容，向劉稱謝，又對班頭說：「你們諸位不知道，這位劉爺和我姓王的，可算是慕名的交情，誰都知道誰。他幫我，我謝謝，就是你們哥幾個，為了在下我，大遠的辛苦了，我照樣也要補報你們的。官司是官司，交情是交情，咱們都看得開。不過剛才道上，叫諸位多受驚，這是我最覺過意不去的。你沒聽我嚷嗎？我告訴他們，辦案的是朋友，這官司我打了。他們是關外野苗子，不懂江湖道裡的事，還是一味死追，倒鬧得我很掛不住，我就此也替他們道歉吧。好在我的話他們總還聽，再往下走，管保平安沒事了。」

王洛五還是棵硬菜，當場很講了些場面話，倒講得劉靜波心上很不自在。王洛五話裡話外，對劉露出不滿，彷彿說，我的官司，我自己當然有打算，無故累得朋友替我著急，太不像話了。又向官差也說出帶刺的話，暗示著他本身雖陷縲絏，他仍有潛勢力，暗聽他的指揮。夾槍帶棒說完話，他向劉靜波及官人點點頭告退。他說：「咱們該上路了吧，前途大概好走，不致有枝節了。」他是這樣說，官人聽了，反覺著口氣冒冷風，意含反射。班頭李會庭頭一個不吃這一套，面孔一整，摔出幾句不中聽的話：「相好的，你看我們哥幾個是瞎子是聾子，還是傻子？我們什麼話聽不懂？」武師張玉峰哈哈地笑著，從旁拆解了幾句，說道：「朋友來得不得力，王五爺剛才不大痛快，還用說嗎？我們該商量動身了。現在天色太晚，到底我們今天還上路不上路呢？」官人主張上路的占多半，張玉峰有心攔阻，又怕人家笑他膽小，想了想道：「要走，現在就得套車，前站固然不遠，也得多預備燈籠。」衝周萬蒼說：「我想煩這裡的劉牌頭費心，給咱們撥幾個人，最好是獵戶、善打槍的才好，一來領路，二來伴行，路上走著也穩當些。夜間走小道，小心遇上狼群。」

餘慶街官差插言道：「這裡附近倒沒有聽說有狼群。」劉靜波忙說：「獵戶有，好槍手也有，張老爺打算用多少人護送？」

張玉峰道：「不是護送，簡直說吧，是煩他探道。有四五位就夠了。」說著，眼望師弟吳寶華、朱天雄道：「不是我多慮，我只怕追趕差事的那夥朋友，不肯善罷甘休，這裡攻打不進來，也許在前邊等著咱們呢。」劉家燒鍋的人自矜成功，說他們早把賊趕得沒影了，官人們不敢輕信。神槍余永堂忙言道：「有這麼顧慮，等我問問去。」邀著小李太，屏人向王洛五探問，拋開官話，作為私地打聽：「剛才追趕下來，要搭救你閣下的究竟是些什麼人？」這一番私問，可算拙想。余永堂固然繞彎子，旁敲側擊來套弄，北霸天王洛五把余永堂盯了一眼，口角帶笑，道：「您問這個嗎？」剛才他本已明目張膽，透露話風，承認追趕的馬賊是他的好朋友，意在示威，也有點誇聲勢。此刻余永堂要追問那些人的確實行蹤，王洛五可就哈哈一笑，轉了軸子。他淡然說道：「剛才那一夥，一準是馬達子，跟我嗎？倒也認識，不過恰是死對頭。他們吃過我的苦子，他們分明是過路，跟咱們不期而遇。他們看見我王洛五倒楣，打官司了，他們一定要報仇，要綁我的票，把我架到他們窯裡去，撈我的油水。他們這才是笨打算呢，殊不知您幾位好容易把我辦了，哪肯叫他們奪去呢。小子們倒弄了一個攔路劫官差、奪犯人的罪名，叫你們哥幾個很受驚，還有受傷的，他們也太膽大了。」

一字套問不出，骨子裡倒惹得王洛五奚落。

小李太生了氣，余永堂也發怒，王洛五脖子梗梗地不服；余永堂翻了臉，小李太要動手。余永堂首先罵道：「王洛五，好小子，爺們正正道道向你好好說，你倒給爺們軸吃。媽巴子！」這個舉手一掌，那個揚腕一拳，王洛五連吃了六七個嘴巴，打得王洛五雙睛直豎，閃閃冒火，大嚷道：「余爺，李爺，你你你們太不夠朋友，太不講交情！半路上怎麼給我來這個？這裡不是公堂，你怎麼給我大脖溜！我王洛五現在犯了官司，自從被捕，直到起解，我哪一點不守著難友的規矩了？人有面，樹有皮，該花的沒少花，我不是不開竅。你們隨便問，我有問必答，哪點答錯了？往後日子還遠著呢，別看一時！」越說聲音越大，大喊起來。小李太和余永堂越不愛聽，越打得凶，王洛五手銬腳鐐全份戴著，雖說不能動彈，沒法抵抗，卻也被打急，憤然一挺，雙手舉起來，要拿手銬還砸二官差。二官差一邊一個，索性揪住犯人的手，左邊一個嘴巴，右邊也一個嘴巴，左邊一拳，右邊也一拳。王洛五十分激怒，破口大罵。同被捕的兩個犯人在旁邊連聲吶喊：「爺們留面子，爺們留面子！王五哥少說一句，王五哥少說一句！」

他們在燒鍋後罩房內間打成一片，張玉峰、周萬蒼正張羅上道，都在前院，竟聽見喧聲，一齊奔來，急急扯住小李太和余永堂。余、李二人也是下不了臺，住了手，仍罵王洛五。王洛五兩邊腮被打得通紅，雙睛冒火，從鼻孔中嘻嘻地發出冷笑。張玉峰問：「這是怎麼回事，你們兩位為什麼一齊動手，這位王朋友，你也是外場人，你別教他們兩個做官事的，下不了臺呀！」王洛五異常憤恨，仍在冷笑不語，李、余二人只罵王洛五混帳：「他犯了案，還這麼耍戲爺們，給我哥倆軸吃。」

王洛五忽然長嘆道：「二位上差，我領教了！我還得仰仗你們幾位，到衙門多多關照我呢。不料你二位一點不留情面。我現在沒有指望了，打也打了，罵也罵了，該怎著，就怎著吧。」

搖了搖頭，表面上做出屈服之狀，可是在場的人都看出王洛五神情非常可怕。張玉峰因自己身分關係，不便說話，叫周萬蒼班頭把李、余二人調到一旁，悄悄責備他幾句。也只好「成事不說，遂事不諫」，丟下這個碴，先忙著辦正事。一切預備好，立刻由劉家燒鍋出發上道。走法是四輛囚車都換了飛輪輕套、堅而快的「草上飛」；張玉峰武師命師弟吳寶華、朱天雄，與四班班頭差役人等，押解囚車；張玉峰本人，騎上快馬，帶了十三太保，提了燈籠，率四名年輕力壯的捕快，和劉家燒鍋四個引路的荷槍獵戶，先行出堡開道，約定探道平安，囚車方才出發。

張玉峰武師和神槍余永堂、小李太出離土堡，走出半裡多地，路上似乎平靜，一點風吹草動沒有。續往前走，也沒有發現意外；除了夜風舞動荒草，沙沙怪響，遠近望不見一星火亮，聽不見絲毫輪聲蹄聲。這已經離開劉家燒鍋三里多地了。張玉峰還往前蹚，小李太心急，說道：「行了，不用再往前摸了，回去催差事上路吧。」張玉峰不以為然，問開路的獵戶，獵戶說：「往前再走七八里地，倒有一個地方，是一帶荒林，比較不大太平。」因問官差，是否蹚到那裡。余永堂、小李太說：「那就蹚出十幾里路了，再翻回去送信，豈不是來回三十里，就誤路程了。」張玉峰堅持要多蹚一段路，命同行官役回去兩名，催囚車動身。他自己仍率余永堂、小李太和四名獵戶，續往前走。一面走，一面視察四面，對小李太說：「這樣辦，我們在前，囚車在後，既誤不了路，也保點險。」余永堂、小李太笑著說：「對了，還是張師爺持重，我們都不行。」口氣中頗有奚落的意味了。

哪知還沒走到荒林前面，便聽見林叢中幾聲馬嘶。夜曠聲清，邊塞人稀，輕易沒有趕夜路的，這馬嘶太覺可疑。張玉峰武師頭一個心驚，喝命同伴：「快停！」一齊把馬韁勒住，翻身下鐙，側耳傾聽。余永堂還有一點「擰勁」，說道：「您耳岔了，哪有馬叫喚？」可是跟手又聽見幾聲。張玉峰怒道：「你不要抬槓，隨便你怎麼說，我也得察看明白了再走。」幾個人駐足在右道旁荒草叢中，留神考察四周。這時月光孤懸在長空，周圍吐出風暈，天邊只有幾顆星眨眼，顯得很淒曠。獵戶悄聲向張玉峰說：「張老爺，辦案的事，我們可不懂，可是林子裡的確是有人了，而且不在少數，足有二十多……至少也有十幾名。唵，還有馬，足夠十幾匹，和人數一般多。」小李太道：「如果真個的遇上了的話……我總想不至於……我們可以試他一下，給他打個招呼。」神槍余永堂道：「待我來！」

余永堂的槍法是很準的，剛才他還抬槓，此刻不敢堅持己見了，他突然挺身而出，往前走了幾十步，雙眸注視林端。看了一會兒，悄說：「是了！」把槍一摘，一順，一端，就要放。張玉峰立刻阻住，道：「且慢！」問余永堂，又問獵戶：「不是密林中真有了人了嗎？我們快給後車送信，先不要開槍驚動他。小李，這是你的事，你快上馬往回翻。老余，你別開槍，你跟我往前闖，試一試他們究竟有多少人。」又命獵戶隨同小李太往回退，勉勵道：「諸位把火器預備好了，多多地幫忙吧。」

哪知，他們看透林中的虛實，林中也早看出他們的動靜，而且比他們看得還清楚。小李太和四獵戶剛剛地領命上馬，才往回走；張、余二人伏著腰，引韁帶馬，剛剛地要往前挪，林中立刻有了動作。月影下悄悄地從林後轉出數人，從步下伏腰疾走，來橫剪官人的來路，大隊的賊人，悄悄地繞林橫進，從正面阻擋官人的去路。小李太掉轉馬頭，剛剛地一放馬，空中立刻吧的一聲清脆的炸音，同時聽見破空聲哧哧然怪嘯，林中的埋伏竟全部發動。小李太最先放馬，也就最早做了賊人攻擊的目標。小李太趕緊策馬狂奔，子彈從身畔掠過，嚇得他狠命的打馬，身軀伏在鞍上，這馬如一陣風似的，逃向劉家燒鍋。

四個獵戶錯落隨著他，縱馬狂逃。賊人既已出動，張武師倒沉住了氣，大聲說：「老余，看咱們倆的了，快開槍吧！」一齊端槍還擊，雙方竟隔林而戰。林中群賊眼見來人分出五騎，奔回原路，一定是送信勾援。為首賊人忙率眾策馬，抄道加緊追趕，只留下三四個人，把張玉峰、余永堂遠遠圍住，互開火器遙攻。張玉峰本想誘引敵人，專攻自己，好乘機叫小李太奔回，無如探道官人月走荒郊，透過了賊人沿路所放的卡子，他們的人數和用意，已被賊人歷歷看明。而且官人在燒鍋喝壓驚酒的時候，賊人已經派人折回去勾兵。當下，為首的馬達子緊追小李太，且追且開槍。馬達子槍法甚好，全能跑著馬瞄準，小李太險被打中，嚇得他狠命鞭馬。幸有獵戶做伴，不會迷路，緊跑了五六里路，竟與後開的囚車相遇（那張玉峰和余永堂，竟被賊人包圍，沒得隨後逃出）。

囚車和大隊官人得到探道官役的頭一次回報，坦坦然然地出了劉家燒鍋，燈籠火把照耀著，聲勢頗壯。小李太被賊追得很窘，遠見火光，立和獵戶迎上去。一共五個人，五匹馬，跑得太急，幾乎被押車的前導誤認為匪。老遠望見，便端槍吆喝：「什麼人？站住！來人站住！」小李太大聲招呼：「是我，是我李太，你們別往前開了，後邊賊人追來了！前邊真有賊呀！」他說的後邊也就是前邊，周萬蒼迎上來，見只回來一人，其餘四個獵戶已然落後，忙問：「有多少賊？張師爺呢？還有餘永堂？莫非……」沒容小李太答話，後邊追來的賊人以火器代答了。吧的一聲，哧的一響，又是一排槍。周萬蒼不知賊的實數，感覺深夜荒郊，有賊攔路，以為局面太危險，亟命回車進堡。

後面排槍越打越緊，越追越近，夜曠地野，聲勢驚人。眾官人中剛有人大聲說：「不要緊，我們闖！」意思是說，賊人本為救犯人而來，當不致縱槍盲射。不料才眨眼的工夫，就聽馬隊有人駭籲，似受了流彈，並且立刻有數匹馬驚擾亂竄，吳寶華、朱天雄兩位武師，急奔到囚車前，將燈亮打滅，低聲喝：「不要亂，不要亂，一面迎擊，一面後退！」但是二人一片的彈壓聲，竟鎮不住人心的吵擾，好像人人覺得馬賊膽敢留戀不走，仍在這裡攔路邀截，一定勾來大批助手。又加以夜月迷濛，看不清虛實，馬隊中竟有兩三匹馬往回奔去。奔退的既已有人開端，越發喝止不住，一霎時竟亂了陣勢，居然被這數排槍聲，打得官人一哄而散，亂糟糟地往回跑。只剩下吳寶華、朱天雄兩個武師，懸念著師兄張玉峰的下落不明，猶想挽救敗勢，各個亮出火器，據地迎鬥，吆呼四班班頭勿退。四班班頭周萬蒼以下，竟護了囚車，一擁重返劉家燒鍋。吳、朱二人又急又怒，無如孤木難支，打了一陣，馬賊漸漸逼來，兩人只得飛身上馬，往後放了幾槍，火速也退回去。

囚車已入劉家燒鍋街裡，立刻登堡備御。全鎮壯丁慌慌張張放槍，軍師馬二掌櫃更親自登上堡牆，指揮炮手。實際只是空忙了一陣，馬賊二番邀截，竟沒有窮追，只跟了一段路，便遠遠地停住，時續時斷地放了幾槍，忽又退走。燒鍋這邊大大地轟轟了十幾炮，抬桿火槍發得更多。挨到天破曉，槍聲漸住，登高瞭望，連個賊影子也沒有了。遂派人在外搜了三四里，仍無賊蹤。官差檢點人數，囚車囚犯幸無傷失，押差隸役從馬上摔傷了一名，受誤傷的二名，被自己火器炸傷的一名，幸無死亡。但最糟的是武師張玉峰、捕快余永堂，當先開道，遇賊斷後，至今沒有退回來，只恐是凶多吉少！

武師吳寶華、朱天雄、張玉峰是患難弟兄，同列一個師門，又同是關裡人，非常地關切師兄，要出去找尋。而且囚車起解，既經兩次追截，前途簡直必仍有馬賊潛候，總須再去偵察一下，方敢動身。遂與班頭李太和，三人結伴，帶一個引導人，騎四匹馬，一同出鎮。周萬蒼班頭就看守囚犯，暫留劉家燒鍋，等候結果。四個人試一步走一步，直奔到那座夜行遇阻的叢林前邊，下馬察看，竟未發現張玉峰、余永堂的蹤形。吳寶華、朱天雄都有些心慌。轉想人若遇難，必有遺屍，除非兩人活活被擄，人和馬多少總能留點痕蹤。四個人商量著，策馬直闖樹林。剛剛地越過一道土岡，望見一條人影。塞外荒曠，罕見孤蹤，就有行旅，也都是結伴成行。四個人一齊聳然注視，互相驚告道：「留神那邊土岡！」一言未了，吧的一聲炸音，哧的一溜破空聲。人方一震，朱天雄那匹坐馬，猛然受了驚，往斜道上橫躥起來。吳寶華大喊：「有警！」土岡後豐草中，叢林亂枝紛雜裡，驀地出現若干支火槍，映日閃光，噴出硝煙，又遇上攔路賊卡。

四個人寡不敵眾，霍地帶轉馬頭，往回路退卻。卻各將手中火器背手一順，照著敵彈來處，且還打，且後退，展眼去遠。獨有朱天雄，馬驚橫躥，路線繞遠，稍稍落後，好容易緊勒馬韁，把馬勒住，兩路潛伏的馬賊已有一部追趕過來。四個人唯恐陷入伏中，一面縱騎狂奔，不時回顧追兵，一面仍要提神注視歸路草叢，怕遭他們迎頭截堵。

如此狂奔出一里多地，馬賊忽然又復退回，不再追逐了，沿途也沒有別的埋伏。四個人深覺僥倖，同時又很沮喪，快快地往回走，未進劉家燒鍋有二三里，便迎上第二撥出來探察的人，抵面說明，回歸燒鍋。吳寶華擦著汗說：「怎麼著馬達子還在那裡等著囚車呢，我們張玉峰張師兄，還有餘永堂，也不知到底怎樣。想不到關外馬賊這麼厲害！想不到王洛五竟有這大的勢力！周頭，這差事竟解不走，你有什麼法？」幾個人都很著急，七言八語，商量起解的辦法，有的人主張派人回廳稟報，先請大兵剿匪，再請派撥兵押解。周萬蒼道：「也只好這樣。」幾個官差忙打了稟馳，一份就近給餘慶街經歷，一份專遞綏化廳通判。俟到夜晚二更天，推定兩個年輕力壯、健步善走的捕快，改變農民，悄悄溜出土堡，繞道摸黑請援去了。

誰想馳報的人前腳剛走，後腳土堡北門便來告警。而且是悄悄重來，大隊的騎馬賊一點火亮不帶，摸著黑圍上來的，直迫近土堡半裡之遙，方被巡哨的本鎮壯丁聽出蹄聲，發現行蹤。全鎮立刻鳴鑼糾眾，立刻登堡備御。這一次重被攻，防備得很嚴（本來沒有解嚴），可是人心很驚惶，認為馬賊苦纏不捨，明知故犯，已非偷襲，一定是又邀來大隊馬賊了。軍師馬二掌櫃很著急，催炮手快開炮示威，大抬桿也一排一排不斷往下打。黑影中辨不清賊人實數，但聽蹄聲繞著土堡打。在北面放一排槍，又繞到東面放一排槍，然後又繞到西面，再轉到南面，居然想來殺四門，劉家燒鍋的火藥消耗得很厲害，賊仍然糾纏不退。堡上停住了槍，馬賊又迫攻上來。堡上認準馬賊來路，發炮猛擊，馬賊卻又悄悄撤退。直打到三更以後，月光上來，方才隱隱約約看出賊騎遊走的影子，好像是比昨日增加人數了，並且好像是也有馬賊，還有步賊，正不知從哪一方繞來的。槍聲斷續，苦苦相持，到了四更天，還聞吱吱的鳴笛之聲，賊人竟收隊而去。

這一回牌頭劉靜波、軍師馬二掌櫃奮然對眾說：「這不行！我們得追他！他們欺人太甚了！」立刻下堡樓，集眾列隊，開堡門追殺出去。綏化廳與餘慶街的官人，也挑出數人參加戰事，一同追出。只追出五六里，便又停止。人家是馬賊，燒鍋多步隊，人家的馬良，燒鍋的馬劣，越趕越落後，軍師無可奈何，傳令收隊。這一鬧已到天大亮了，堡中怨聲載道，這分明是收留官人，才觸怒馬賊，害得空耗子彈，不由得遷怒到官人身上了。官人也不痛快，堡中既有鄉團，何不出去剿匪？怎麼就趕出那麼遠就折回來了？這都是心上鬧彆扭，面子上彼此還維持著，既然官差又走不了，燒鍋只得再擺上酒筵，連官面帶罪犯，一同款待。早飯吃罷，剛喘了一口氣，壯丁還沒有解散，東門上又來告警：「馬賊又來了！」跟著便聽見一排槍，隨後又聽見三聲炮，堡樓上的土炮，再和捲土重來的馬賊打起來。相隔只半裡，眾人一齊持火器登堡。正在白晝，赤日當空，踞高遠望，歷歷分明，據測足有二三百名馬賊，占據一道高坡，借坡掩形，伺機硬來爬城。軍師馬二掌櫃和牌頭劉靜波又懊喪，又驚恐，同時又怨恨官人把匪氛生生給勾引來，好似嫁禍一般。可是仍得督同壯丁，不惜子彈，與馬賊叮噹著打。馬賊的攻城法，非常狡猾。在這面攻一陣，突又轉到那一面，下了馬只放一排槍，便又上馬轉到另一面，意在混騙堡中的火藥。果然只兩天工夫，堡中便將火藥耗費去儲存的一半，正不知賊人糾纏到何時方休，涉念及此，堡中人個個著急，深恐彈盡援絕，被賊人攻進，勢必恣意焚掠。馬二掌櫃在城樓上督戰，一時又奔下來，找到官人，釘問他們，派去求救的人是否可靠？準到得了否？能夠把救兵立刻調來不能？問了一會兒，又找到牌頭劉靜波，私地計議：「若情形不好，等到天明賊人再退時，想把官差打發走了，教他離開咱們這個地方，馬賊就不來尋咱們了。」主意自然不錯，又怕得罪了官面。

兩個人重又上了城樓，觀戰窺情形。這時情形還是和剛才那樣，馬賊響了一排槍，忽又停住，黑影綽綽，從南面繞到西面去了，槍聲總是那麼零零落落，乍停乍作。

這時候，月色漸沉漸黑，離著天明還早，劉靜波熬了兩晚，暈頭暈腦，下去躺著去了。只剩軍師，在堡樓看了半晌，對炮手說：「大家留神，這一黑夜可不好，賊人怕來爬牆。」這個確如他所料，天色一黑，烏雲遮月，西北角堡牆上，突然槍聲大作，是堡中抵擋的聲音，也就像是馬賊攻到牆跟前的情形。軍師說：「不好，西北吃緊，快調炮，快打！」炮手一律調向西北，大抬桿也照樣。但是這土炮全是遠攻之器，御近殊不得用。軍師爺親自上堡牆，親自指揮持火槍的壯丁，由各方面齊往西北馳救，官人捕役一齊助陣，都奔了西北，西北角轟炸聲大震。約過了數杯茶時，忽然覺得牆外已沒有聲響。軍師大聲地喊嚷，叫堡中人停槍，別人也幫著嚷，方才嚷得住了槍聲，忙竭盡目力耳力，往下窺察：「賊人又走了？」軍師問守西北的人：「到底看見什麼人沒有？」西北角的一個守望壯丁抗聲說：「怎麼您老還問看見沒有？簡直差點叫他們爬上來！」又一個守望說：「一共三四個，好像背著匣槍。」手指一段堡牆道：「由這裡越過壕溝，直爬到那裡。」比比畫畫，正說到吃緊，此處才停火槍，不想東南角陡然發了一陣清脆的排槍。眾人中有人叫道：「不好，賊人這是聲東擊西！趕快救東南吧！」眾人立刻由堡牆更道上，彎著腰，往東南繞。

眾人到了東南角，東南角的槍聲已住。伏伺好久，外面再也沒有槍聲了，細細地遠近辨察，外面更聽不見馬嘶和蹄聲。

眾人又提心戒備一會兒，夜影漸淡，堡內被震驚的雞狗，本來亂啼，此時狗不再吠，雞竟報曉。軍師馬二掌櫃方才明白，賊人故意拉鋸，此時又潛退了。軍師這才留下守望的人，傳令收兵解隊。人們都熬得心燒意亂，男男女女七言八語，怨天恨地，露出不穩的情形來。

官人自班頭周萬蒼以下，又恨又怒又擔心，齊罵：「王洛五這王八蛋，想不到有這麼大的聲勢，我們得收拾收拾他，叫他想法子給咱們退賊。」軍師馬二掌櫃也想到這一招，悄悄建議給官人，官人欣然以為妙計。立刻提出王洛五，重新盤問。王洛五臉上露出十分的得意，仍是一推六二五：「我再想不到打了官司，又遇上了賊，叫我有啥法子呢？」好哄歹說，王洛五一味推脫，眾班頭怒火，狠狠地折辱他一頓。李會庭發出威嚇的話：「賊人若再來，我一定把尊駕綁上城頭，拿你擋炮眼！你小子聽過冀州城這齣戲沒有？爺們一定這麼幹。」王洛五這傢伙寧死不彎，嘻嘻冷笑道：「我王洛五不過狗命一條，能同諸位上差同生共死，我太榮幸了。反正隨諸位的便，若叫我退賊也不難，卻不是這樣做法。」周萬蒼瞪眼說道：「姓王的，你要怎樣的做法呢？你要充光棍，你死了這條腸子吧，我們絕不叫他們把尊駕救出去。實在沒辦法，爺們還會殺死犯人，騎馬一走呢。爺們跟你說好的，你要識趣。回頭賊人再來，我們準把你閣下架上更道，那時專看你的了。你要明白，趁早叫他們撤退，你若是找不痛快，爺們對不起你，可要給你小子插蠟灌尿了。」王洛五一聽這話，慘然變色，苦刑可受，這卻是一種毒虐，一種侮辱，叫人沒法承當。王洛五還試著支吾，捕快想法討來一支蠟。王洛五再說不起硬話，只可低頭。愣了半晌方說：「諸位，不是我不懂面子，他們想截我，究竟是我的朋友，還是我的仇人，我實在不知道。就算他們準是朋友，準是想搭救我，我和他們不能對面講話，我就想勸他們少給我添罪，這話可怎麼傳到他們耳朵裡去呢？」周萬蒼、李會庭齊道：「只要你肯，我們自然有法子呀。」兩人全換了面孔，把王洛五哄了一頓：「只要退了馬賊，廳裡的官司，便請放心。」

王洛五假裝順心，也接受了。兩個班頭遂與同伴商量了，又和燒鍋的劉、馬二位說了，劉、馬二人很喜歡，忙說：「這法子很妙，就請諸位快辦吧。說實在的，咱們可真跟他們耗不住了；子彈火藥耗費得太多，再打下去，此堡一定難保。現在堡裡人就七言八語，真怕生出別的事故來。」大家意思全同，遂聚在一處，盤算第二步辦法，怎樣叫王洛五跟馬賊通話，沒等盤算停當，瞭望的人又奔回來報警：「賊人又從堡東繞攻過來了。」眾人一齊怒罵：「這群馬賊竟這樣死纏不休！太也膽大了！」大家慌慌張張上了堡東圍牆，把王洛五鬆了腳鐐，仍戴著手銬，到東圍牆，藏在更道後，預備與賊人過話。

劉靜波和周萬蒼，各舉千里眼，往東邊窺望，軍師也出場，捕快也全到。馬賊遠隔在數里之外，只望見塵起，被一道荒林隔阻著，看不出人的實數。眾捕頭帶火器來到東面後牆，要看王洛五如何對賊說話，劉靜波對周萬蒼道：「賊人距離遠，搆不著說話；距離太近，夠著說話了，又怕他們假裝答話，一擁而上，硬來開槍搶堡，這該怎麼準備才好？」周萬蒼也沒有別的招，皺眉說道：「只好冒著險，試著來，我們可以叫一個人拿著白旗，先跟他們講開了，然後再叫王洛五露面對講。」至於防備意外，軍師馬二掌櫃說：「我們把槍炮擺好了陣，嚴陣等候，王洛五說不退他們，咱們就開火。」當下照這辦法匆匆布置好了，東面出現的馬賊漸漸撲向土岡，亂蹄踐踏之聲殷殷如雷，越來越大，浮塵冒起很高。官差和燒鍋中人踞高而望，覺得馬賊聲勢較前更大，人們都有些心慌，忙偷看王洛五，也正凝眸遠眺，臉上露出一種難測的表情，有時又透怒容，他一定把官人恨透了，叫他說勸馬賊，正不知法子是否妥當。

正觀望著，林外馬賊蹄聲越近，卻仍沒有衝上來，也沒有發出探路開道的諜騎，竟在林後遲遲盤旋，好像他們正做什麼打算，又測不透他們打算怎樣。堡中人很可以迎上去打，至不濟，也應該打發探子過去察看，他們竟因連遭圍攻，弄得心膽已怯，又抱著挾犯求和的心，眼睜睜在堡上張望著，堅守不出來。

轉眼間，林後面情形一變，槍聲大作，人馬奔馳。赫赫危局頓解，賊隊動搖，想不到聞耗馳援，剿匪護犯的官軍居然開來了！雙方立刻起了接觸，馬賊且打且退，堡中人兀自遲疑著，不肯開門夾攻。趕來剿匪的，是鎮邊軍大隊。被打退的，果然是截救王洛五的馬賊。雙方相隔一里多，便開了槍，當然馬賊有了撤退逃走的空。

這馬賊是王洛五的死黨，既不曾把王洛五攔路劫回，一直追到劉家燒鍋，又攻堡未成，他們派人回去勾兵，大隊馬賊就乘夜偷襲鄰莊。距燒鍋十數里，有一無名小莊堡，只住三五十戶人家，武器不足，壯丁又少，被這夥馬賊，措手不及，一攻而入，占領全莊。所有壯丁全繳了械，上了綁，又四面布崗下去，正堵住官差起解必經之路。這小堡也在一帶荒林之後，武師張玉峰、班頭余永堂一行，驅馬探道，恰被他們阻林扼住。這馬賊大隊衝出來攔路，續來的賊隊也已趕到，一共超過百十人，聲勢很大了，竟把二番起解的囚車，重打回燒鍋去。他們賊黨一時失計，沒把張玉峰、余永堂二人圍住，這兩人槍法都準，膽子又大，騎的又是好馬，竟乘昏夜，落荒奪路，闖過了他們的卡子，直奔到餘慶街。見了經歷，具說夥匪劫差，官人被圍之事。經歷大驚，立刻請兵迎接押犯官人。餘慶街本駐紮三四百名鎮邊軍，由經歷面見管帶，請他即刻發兵。這管帶官還想稟報上峰統帶。經歷又說：囚犯和辦案差人現時都在匪人包圍之中，必須急速馳援，若往返行文，必誤大事。管帶官是個壯年人，辦事還不猾，當下傳來兩員哨官，抽調二百名兵，親自率領，星夜趕來。官軍調動大隊，首派探子改裝偵探，次日一員哨長，帶五十名弟兄，作為先鋒官，當先開路，末後便是管帶親率大隊了。四個探子出去數十里，由農民口中探知馬賊現在無名小堡盤踞，官兵立刻往無名小堡進發，距這小堡還有七八里路，先鋒隊和馬賊的放哨兵開了火。賊人哨兵打了一排槍，立刻退回無名小堡。小堡此時竟是空的，馬賊大隊已與續到的賊人援兵合作一路，又去攻打燒鍋去了。鎮邊軍很容易的克復了無名小堡，把被囚系的土民一一釋放了。管帶即在小堡駐下，先鋒隊立即緊逐賊蹤，趕出堡外。大隊馬賊剛剛向燒鍋進發，遙聞槍聲，已知根據地有變，旋即見放哨的賊黨、留守小堡的賊黨，陸續退逃過來，始知機會不湊巧，鎮邊軍前來打岔。他們不知道這是綏化廳捕快官人召來的救兵，還以為官軍又來清鄉，彼此不期而遇。好在一賊未傷，他們就要收隊，卻又不死心，到底繞奔劉家燒鍋，重來搶堡。他們還沒迫到燒鍋堡前，鎮邊軍已經跟蹤追來，雙方登時開了火。

先是官軍的先鋒隊和馬賊的後隊，相隔半里地，交起仗來。先鋒隊的領隊官某哨官，急急退踞險塞，命官兵伏在土坡後放槍。同時派諜騎馳回報告，並請管帶進兵。管帶忙帶大隊，從斜刺裡殺進來，一面是策應自己人，一面是採包抄之勢。也是照樣，遙望賊蹤，辨明槍響的方向，便即散開隊伍，開槍還攻。有了火器，戰法自然起了變化，再不似從前那樣長槍利矢、肉搏進戰了。這管帶唯恐多傷部卒，無法交代，距賊很遠，便命旗鼓手，把銅號戰鼓吹敲起來，把一對一丈見方的門旗，也遠遠豎起來，令賊人望而生畏，好望風退逃。果然這一片洋洋的銅號聲，非常有效，和張良的簫也差不多。銅號浩浩地吹過數通，群卒隨聲喊殺，聲勢異常驚人，這群馬賊起初還和先鋒隊抵抗，等到一望見門旗，又聽見銅號，為首的馬賊方才曉得，鎮邊軍大隊來剿，這應該「留面」，吩咐部下：

「走！」官軍放了十數排子彈，馬賊還了三五排子彈，便住了手，把槍一背，悄悄拉馬，退出火線，悄悄繞荒林逃走了。官軍還盼望劉家燒鍋內的官人和鄉丁，出來夾攻，不意全部馬賊退走了半個時辰，瞭望的人也看見了，可是燒鍋的堡門仍在緊閉不開，官軍放了一槍，往前攻了一段路，先鋒隊帶隊官滿身征塵，稟見管帶，報告：「賊已擊潰。」管帶傳令先鋒官稍息，命另一個哨官，率隊追緝逃匪，便親自率大隊，開往劉家燒鍋。綏化廳的官人，武師張玉峰、班頭余永堂，隨著大隊一同進了堡。堡中人這才曉得，求來救兵的，竟不是事先派去的急足，反是開道失蹤的張玉峰。劉家燒鍋二番開筵，款待官兵。

這一下子，劉家燒鍋雖沒被賊攻破縱掠，可是損失甚重。比遭搶也差不多。一來是子彈的消耗過甚，二來是先招待官差囚犯，再招待官軍兵弁，人數又太多，足有三百號人，整個鎮甸都變成行營，家家民宅，都騰出三五間房屋，請弟兄們住。弟兄們是大肉大酒，足足地吃喝。一邊盤桓了五天，直等到四出清鄉的兵弁，分頭回來報告，地面已靖，又等到追躡股匪的哨兵，追出一二百里，把賊追沒了影，回來報說：馬賊全部潰散，投入邊荒。管帶官這才傳令收兵回營。

綏化廳的官人，就請管帶撥兵護送囚車。管帶官命一員哨官，率一百五十名鎮邊軍，好好地護送到餘慶街，又由餘慶街護送到綏化。所有往返軍旅之費，照例「據實報銷」，由廳裡補了檄調的公文，並發出清鄉的捷報，管帶官大喜過望。此行剿匪護犯，收穫不小，不但劉家燒鍋商民人等恭送萬民傘、萬民旗和貂囊、鹿茸、菸土，還由上司那裡批准了報銷，真所謂名利雙收了。想不到王洛五這傢伙，會惹起這麼大的風波。至於那天晚上探道遇賊失蹤的四個獵戶，直等到官差押囚犯起解，方才露頭。原來他們一聽見槍聲，就各奔前程，跑回自己家去了，一個人也沒傷。

王洛五終於在綏化廳過了堂，他的威焰至此全消。若依案情，照王法去審訊，則王洛五的罪名太大，尤其是身陷法網，猶能鼓動馬賊攔路劫奪，並公然與官軍交戰，目無法紀已極，實已觸犯叛逆大罪。不過叛逆大罪，最不便於上詳，如果據情上詳，這都省勢必往上奏報，那就花銷太大，牽涉太多了。頭一個便是將軍不願意，第二個便是文通判新任官，沒有那些錢去打點鋪堂。所以，文通判和師爺祕計之後，又與鎮邊軍管帶捏好了詞，把那王洛五掠奪婦女一案和馬賊劫奪要犯一案，拆成兩案，分別辦理。馬賊一案只算是尋常的清鄉，好像與王洛五毫不相干，這就容易收場了。王洛五真是刁民，他也就公然窺破官廳這一個弱點，曉得堂上訊詰自己，如果上詳，必須先和自己串供。他就咬定牙根，苦苦地狡展，意思是說，他可以據實全盤招供，卻不肯替官面回護匪案叛案，他情願打叛逆官司。為了這緣故，惹起官方之怒，王洛五很受了許多苦刑，他仍然不肯順供。

過堂的這天，原告楊班主，被告王洛五，被霸占二女楊金環、楊玉環，分兩邊跪在廳衙二堂。文通判親審，原告自然是指控王洛五霸占戲箱，霸二女，逞強恃勢，逼死楊班主之妻。

被告王洛五卻一口抹殺，說楊班主挾嫌誣告：「實在是楊班主欠了我的錢，久賴不還，情願把二女嫁給自己為妾，一來折債，二來還要沾光。堂上不信，他夫妻倆先日就住在小民店內，當外老太爺、外老太太。不幸老岳母一死，岳丈喪盡天良，要陷害姑爺。堂上如不信，被告我有人證，也有物證。」

人證是他的黨羽，物證是他早先偽造的字據。楊班主為人懦弱，王洛五口若懸河，頭一堂王洛五不但把原告駁倒，並且連問官也被他一頓狡辯，弄得頭暈眼花。文通判大怒，把驚堂木一拍：「好一個刁民！打！」打了四十板，收監，緊跟著又過第二堂。一連數堂，王洛五既利口饒舌狡辯，又頑皮，能抗刑責，問官對付這樣犯人，好像沒有辦法。

但是塞外是天高皇帝遠的地方，地方官很有自由處置案情的權威。文通判見犯人如此狡展，即請文案師爺，商量辦法，結果，按照老例，停止審訊，把王洛五一案擱置起來，犯人呢，就監禁在大牢中。從此犯人永遠不過堂，舊案永遠不重提，於是王洛五就這樣瘐死在綏化廳了。他的黨羽，也就落到樹倒猢猻散的地步，又經官軍一再清鄉搜剿，漸漸潰散。王洛五的勢力，既已一點不剩，而王洛五的名字也就漸漸不被人提起，偶爾提起，也只當古語說說罷了。倒是被霸占的二女，楊玉環、楊金環，倒落得有聲有勢，被當地一位有力鄉紳，俟案情冷落之後，量珠聘去。那楊班主照樣做了外老太爺，卻不是土豪，而是富紳的「舍親」了。那唱武生的賽活猴，跑前跑後，空費了許多氣力，妄想續舊歡，納楊玉環為妻，實際貧不鬥富，縱把王洛五扳倒，美人仍歸了別人。於是賽活猴照舊唱他的戲，後來竟慘死在塞外。有人說，是被王洛五的黨羽暗算的；有人說不是。不管是不是，賽活猴卻是肋下一刀致命，反倒死在監斃的王洛五的前頭了。天下的事一向是這樣無情無義更無理！北霸天的故事就此了結，武師張玉峰照舊在綏化廳衙門辦事，不久，又出了捉拿土皇帝的一案。

第六章　探地下皇宮捕混元皇帝

這個土皇帝姓徐，家住在徐家園子，本是當地富戶。年約四五十歲，擁有百頃荒田，數座青山，戶大族眾，雇工很多。

他的先人原也是由灤州一帶移往塞外開墾的良民。不幸徐立方是個持齋念佛的人，好誦太上感應篇，好讀玉皇寶歷，本是襲父祖的余蔭，他偏偏自信福命甚大，受仙佛保佑，所以至此。

所謂「積善之家，必有餘慶」。他把自己的誦經修廟，齋僧施道，看作積善積德。骨子裡他待承鄉鄰雇工，本以吝嗇出名，他卻自以為那是勤儉持家，理所當然。他行好樂善，竟行的是這種好，樂的是這種善，實在是走入魔道了，卻妄想獲得金丹大道。金丹大道，給他種下了殺身滅門的大禍。

塞外本來僧道少，這一年，忽然來了一個募緣的異僧。這僧人能夠單掌開石，又會練金鐘罩，以至於拘鬼妖，跳神扶乩，樣樣全成。鄉愚一向是有病不求醫，專要求巫的。這和尚給當地另一個土財主治好了膝下唯一嬌兒的邪怪病，引得當地人把他看成活佛，恨不得家家把他請出供養。那就驚動了信佛好善的徐三爺，派人去請這和尚，要同這和尚盤盤道。這個和尚也有四五十歲年紀，生得肚大腰圓，赤紅臉，禿腦門，紅中透亮，而且「鞍馬一新」，穿新僧袍，衣履齊整，倍覺夠樣。

等到高僧延到，和善紳會面，共談金丹大道，這兩個人竟十分投契。這高僧是北直口音，自稱在五臺山出家，法名圓照，是佛家子弟，卻說起超凡入聖、三教皈一的大義。舉凡道家的煉丹、辟穀、長生術，拳家的氣功、內功、外功，佛家的寂靜、虛無、真如，他都糅雜來混為一談。而且其中還有變戲法、幻術、吞刀、吐火、白水畫朱術、素紙現奇字，種種怪誕不可究詰的妖風巫術，都被他裝點起來。徐三爺本是塞外土財主，哪裡見過這種怪人，更沒聽說這等怪事，幾乎把圓照和尚看成活神仙了。而圓照和尚也自居有半仙之體，殊不知半仙之體，便與佛家涅槃之義，隔絕千里。

圓照和尚完全是一種遊方賣藝的技人，膽大敢言，居之不疑，實在他也有幾手看家本領，混飯的敲門磚。徐財主親自試驗他，他自己正要奮勇賣一兩招。有錢的人無求不得，所缺欠者只是壽數。圓照和尚有延年益壽之方，有龜息卻谷之術。索靜室一間，備蒲團一個，香爐一座，餘物一概不用，只需把靜室予以特別改築：將門窗全塞，只在屋頂偏東，留一圓穴，以延東方乙木之氣。東方屬木，主於長養，可養成生人一團浩然之正氣，另在西壁留一小玻璃窗，好教信士參觀。靜室既弄妥，圓照和尚穿闊大的僧衣，捧一個木魚，提一百零八枚念珠，進去打坐。這念珠足有核桃那麼大，呈紫檀色。一百零八個是很大很長的一串了。圓照和尚便在靜室趺坐，手數念珠，口誦佛號，請徐立方把進身之門，用泥土封了。這樣，就只留出屋頂一窗洞，西壁一圓穴，既沒有燈火，屋內當然暗昏昏的了。可是那圓照的坐處，恰好對著屋頂天窗穴，窗穴透陽光，正可望見和尚的禿頭和肥臉。他腰板挺得很直，口中念念有詞，低不可聞。屋中一片黑暗，把和尚的肉體籠罩了，越顯得幽怪動人，越顯得和尚的臉肥眼珠亮。

和尚一面念佛，一面數念珠，果然坐了七天關，一物未食，只偶爾喝些清水。約定試驗一百零八天，是為大成。只試了三七二十一天，是什麼大乘之數。和尚在黑屋中誦聲朗朗，毫沒有餓壞了的樣子，而且越囚越有神氣。徐施主偷窺圓穴，借黯淡的一隙陽光，看和尚的容色，並沒有餓壞，已使他五體投地，不勝心折了，再也不必多試，啟請和尚出關。和尚高誦一聲阿彌陀佛，真個舌綻春雷，像個大花臉。等到刨開堵塞的屋門，他便鞠躬如也，緩步走出來了。兩條腿並沒有麻木，不用人攙扶，到底真有功夫。不但徐施主敬服，連鄰舍閒人也稱讚頌揚不休。只有一節，那一百零八枚的核桃大的紫檀色念珠，竟不夠數了，不足一百零八個了。有人說，那一百零八個念珠，乃是牛肉乾做的。一個念珠，是四兩精牛肉塊，煮熟，曬乾，切成圓球形，塗抹上一種顏色，製成了串珠。一個串珠便可搪一天不餓，一百零八個，便可度過三個半月而有餘。這卻是後話了，徐財主已經全家被戮，失了時效，無救於妖妄之害了。

從此，圓照和尚竟成了徐財主府上長期供養的替僧。圓照和尚募請施主，給他修廟，徐財主就答應給他修廟。圓照和尚要築壇誦經，朝拜南北，給善士消災延壽，徐財主就捐金起壇場。和尚是僧侶，僧人而朝拜南北，就好像老道要念心經禮佛祖一般，涉知內典的人會竊發一笑的。可是在塞外窮荒，竟遇上了徐財主這樣的識主和信士，不以為離奇可笑，而以為僧道儒三教算來是一家。南北是天上管生死的神，和尚為什麼也可以禮神？他本就不曉得道巫的冥伯、列宿和佛門的諸天神、諸地獄，截然出於二途。他只聽見這樣一個怪和尚的信口胡謅，又慣常聽見門館師爺冬烘秀才的冥報論，納九流於一軌，化三教為一爐，連孔聖人還是佛門儒童菩薩，那麼太上老君西出化胡，當然也是尊佛的了。而且徐立方很有錢，有錢則財大燒身，第一盼望有壽數，第二盼望有威勢，第三盼望還富上加富，貴上加貴，永保富貴，騎鶴下揚州，立地成仙。

塞外荒曠，土匪出沒無常，官軍剿匪，難免勒索民間，一般良懦若徒富而無權勢，免不了受官面的氣。土財主自有土財主的苦處，這徐善紳生平就教官面拿過兩回大頭，不但耗財惹氣，險吃冤枉官司；而且被豪吏唆動冤家，狠狠咬了他一口。他為此氣不出，心上又很害怕。既然兩次被捉大頭，難保沒有第三次、第四次，乃至第多少次。因此他很盼望子弟們能夠有出息，進學，中舉，做官，好拿出書香官宦的門風，來抵擋地方上的騷擾欺凌，好來保護自己的產業。無奈他的子弟又都是庸才，強巴結著進了學，再往上考，怎麼也考不上了。萬分無法，才給捐了監，若想捐官，竟苦於無門路。但是徐立方要想一洗土財主的心是很熱的；也曾攀附過地方官，地方官拿他當肉頭，只想啃他，不肯援引他；他想由富而貴的野心，終於懷之多年，沒有做到。地面上欺負他有錢無勢，種種明虧暗算，他受過不少，他越發起了熱衷的妄念了。偏偏這時來了這樣一個妖僧，信口妄言，既能配仙方，煉金丹大道，製長生不死藥，又誇說善識仙機，能望氣，能相面，盛稱徐善紳生有異相，乃是大福大貴的人，「尊駕的後福，不可限量」。盤桓日久，圓照和尚到處妖言惑眾，對徐財主的近鄰，盛誇徐財主是有後福的人，又舉出例證來，天天這樣宣揚，近處愚民漸多相信，人們也就把徐財主當作有大福命的貴人了。徐財主忘其所聽，只覺得自從收留和尚之後，附近鄉鄰對自己漸漸刮目相待，他也就熾起野心。第一步，受妖僧的蠱惑，雖還沒有僭王圖叛，徐財主已經公然糾眾創教。但是創教糾眾，已然觸犯刑章，為清朝律條所不容了。其禍至於砍頭，還不至於抄家。

不幸這時又來了一個妖道。這個妖道自稱是終南山煉氣士，善知過去未來之事，仰識天文，俯察地理，諸葛亮、劉伯溫都是他的老師。他這是從關外遊方，游到塞外，看出這徐家園子地方，有王氣出現，為了扶保真主，他特來訪求潛龍。經過輾轉傳說，這道人先和妖僧圓照會了一面，兩人密談一通夜，次日又求見徐財主。剛剛一對面，便口誦無量佛：「善哉善哉，山人尋訪真主，已經多年，不料今日在此地得遇萬歲！」當下，一派胡言，把徐立方拍得暈頭昏腦，而且和先來的圓照僧也談得志同道合，兩人全是不知死活的妖人，結果三個人關上門商量造反。

道人的法名叫做劉真慶，他實在是一個大妖人，先在熱河煙筒山做耗，煽動上千的愚民信奉他的邪教，漸漸欺壓不信他教的良民，漸漸綁票詐財，把事情鬧大，經官兵圍剿，他才逃竄在綏化廳內。本已窮得一塌糊塗，他的妖言惑眾的招數沒地方施展了。他就賣野藥，頂香畫符，苟延殘喘，一路亂逛，來到徐家園子，才聽說本地首富徐立方家，現養著一位和尚，也會畫符治病，還會配長生不老的仙丹，好像那排場比劉真慶闊多了。

劉真慶心中大動，想不到絕路逢生，我的福命應在這裡了！他立刻把私藏的餘財掏出來，換了一套新行頭，把徐財主和圓照僧的關係和結識的緣起，都打聽明白，他就登門求見。

圓照僧是個色厲內荏的小妖人，劉真慶卻是個敢作敢為的大妖道。為人健談，口如懸河，相貌更好，赤面長鬚，飄飄欲仙，而且久跑江湖，深識人情。當天一夕話，先把圓照抓住，每個人都熾起了大幹的野心。圓照的本領是假的，劉真慶卻有真玩意，他會技擊拳術，外面用幻術巫術做掩飾，連圓照也被他騙信了，以為這人真有仙法。

而且徐財主門下還有一位門館師爺，姓金，叫金聯元，看他名字這樣俗，就可以想見他肚裡裝的什麼了，真是個三家村的村學究，徐門子弟考不上舉人，也就是受了他這位良師學問太好的影響。這位老師一肚子三國演義、彭公案、水滸傳、西遊記，頭腦冬烘已極，還自以為懷才不遇。在徐家教讀帶管帳，應酬地方隸役，喝上兩杯燒酒，懸想當年的諸葛亮，他還盼望有朝一日，出茅廬大闊一下。也就是他這樣才學，才能在徐府吝嗇鬼門下久處不去。他雖然自負奇才，卻是天性膽小怯上，尤怕財主；見了徐立方飯東，唯唯諾諾很恭敬，徐立方有時聽他講今比古，也以為金先生學問淵博；土財主和村學究居然賓主很相得。賓主縱然雲天霧罩，僥倖處在邊塞山窪裡，不會惹出是非來。但等到妖人劉真慶和妖僧圓照一齊收為徐府的清客，可就滋生出事故來了。

一僧一道一秀才，自以為佛道儒三教歸一，若不轟轟烈烈幹一下，未免虛度此生。這佛道儒三大國師，聚在一起，就把徐立方送了忤逆。

劉真慶善觀天文，能掐會算，又能避槍炮火藥。他有一部《三官寶錄》，如果把這部真經用熟了，真有肉體飛昇，成王成仙之望。他說，可惜他有仙緣，獨無仙財，而且仙骨也不夠。

唯有徐善紳，後腦勺生著一塊仙骨，既然家資富有，便又有了仙財。又遇見這一僧一道，這當然巧逢仙緣了。因此，劉道人和圓照和尚勸徐飯東，趕快掏出腰包來，一面煉仙丹，一面謀王業，「主公，你的造化太大了！」

劉道人有三道靈符，可以拘神遣將，又能生拘人魂，法術無邊。兩個妖人和一個土財主，一個村學究，天天聚議，居然這一天也在後園焚香聚義了！又是三國的桃園，又是水滸的梁山，歃血訂盟，結為生死弟兄，共舉大事。

徐立方為大哥，為真主；劉道人排行居二，為護國神師；圓照和尚居第三，為保國聖僧；金館師居末為四弟，為開國軍師。隨後祭告天地，誓共生死，共謀大事。

幾個人天天密議，既想創教開國，便該招兵買馬，徐立方大破慳囊，把祖先積蓄的錢財，像流水似的拿出來，延攬人才，傳布教義——據張玉峰武師說，這事大概也有些「合該」，聽事後的傳說和犯案時的供狀，徐立方忽然發了一筆邪錢，平白獲得二三十萬白銀，他就越發花著不心疼了，而且由此證明，天賜巨財，天命攸歸，興王圖霸的野心越發熾熱。就是劉真慶和圓照，真實不過是騙財主，吃秧子，弄到後來，鬼迷了心竅，居然真要扶保真主，拚命大幹起來。

這樣看，徐立方發了邪錢，越發引起妄念。但也有人說，並不是他掘著那個地方的藏鏹，實在是徐立方招延賢才的結果，從奉天弄來了幾個造假銀子、製假票子的匪類，居然在徐家園子大量造起假銀錁子，滿處行使，因此籌餉有術，造反日有進展了。

徐財主的做法，受二位國師的指引，是先傳混元教。等到信徒入股，方才設法告訴他實話，量才器使，封他一個大大的官職。邊荒僻隅，民智未開，也不曉得利害輕重，只過了六七個月，徐教主獲得了數百信民。他的做法也和尋常邪教一樣，言說本年運逢陽九，天降大劫，天塌地陷，海嘯山崩，疾疫流行，人死過半。只有一條可以免災，就是信奉他的混元教。信了他的混元教，有靈符三道，可以逢凶化吉，遇難成祥；信了他的混元教，還可以救窮，發大財，長生，多福多壽，人旺財旺。由護國神師劉真慶，編造了好幾本經典，什麼「通靈寶典」，什麼「消災化難混元一字真經」，什麼「金剛杵蓮花臺十方萬福神咒」，七個字一句，似歌非歌，似謠非謠，翻來覆去，左說右說，不過是一入混元教，萬事亨通；不信混元教，生逢劫難，死下地獄油鍋。

他的教門，還有些稀奇古怪的儀式，每五天一誦經修真，教長教徒團聚一處，又跳神，又念咒，又像唱曲子，又像演戲，非常的有趣。念完了經，又同飲福酒，給好些油炸小點心吃。入教不收任何費用，還可以吃齋，而且同教教友又互相護庇，可禦外侮。這對於良懦的鄉民，好像給了一種安慰，又給了一種倚靠。塞外的人心居然像流水歸海一樣，真把徐教主當作救世主了。徐教主起初還是祕密傳教，到後來信徒越多，人心歸附，他連官面也不怕了，公開地宣揚起來。

這期間，當地的官吏捕役，當然也有所聞。這種貪汙之輩，無事尚且生非，何況真有不法行為？自然地方和小吏都找了徐教主來。但這時的徐立方，已不是當年的土財主了，手下有許多黨羽和教徒，膽子大多了，而且也有人給他出高招。官人一來找尋他，立刻被真慶之流引到密室，擺筵款待，盤桓終日，臨走時，懷中凸凸囊囊，飽載而歸。

回去報告長官，不過是說：徐財主勸人學好，維持地方，防備土匪，不但無罪，而且有益於閭裡。

官人來一個，這樣打發走一個，有的食嗓太大，或是纏繞沒完的，最後仍被徐黨用威逼利誘的法子，施展釜底抽薪之策，把事情壓下去。若是外面風聲不利，他們就臨時斂跡。總而言之，人多了，勢眾了，迎合愚民之心，躲避官人之目，只經過三數年的工夫，徐教主的混元教是興開了，陰謀也萌芽了。

這自然還是妖道劉真慶之功最大，仗著他飄飄欲仙的外貌，能言善辯的口才，他居然把當地的地方也勸入了教，還有一個未入流的小官，也成了教友，並且優加禮遇，一同訂盟，算為第五個兄弟，這就是五王爺蔡某了。

不久，徐教主嘯聚黨羽，竟有七八千人了。人多勢眾，氣焰越張；內中預謀造反的占十分之三，只信混元教，不知密謀的占十分之七大多數。漸漸地也就人多分子雜，形跡暴露，而且這些信徒也就有了恃教門為非作歹，欺凌良民的行為。漸漸地引起了官府的注意，徐教主仍然忘其所以。

末後連著滋生了兩樁事故，叛謀便一旦揭穿。

一樁是徐教主受僧道兩位國師的慫恿，竟在自己的莊堡內，修造地窨，內築金鑾殿，每到夜靜無人，便糾集黨羽，升殿演禮，討論教務和軍情；他們加緊地招兵買馬，打造兵仗，購買軍火。一面他又大封功臣，自立為混元皇帝，封他的老娘為皇太后，封他的妻為皇后，又有丞相、鎮殿將軍等偽職。只可惜他的皇太子不及受封，得了傷寒，被國師診治死了。混元皇帝大痛之下，亟於立後，便祕選偏妃。一家佃戶的女兒生得很美麗，徐財主未登基時，就想納以為妾，可是徐太太堅決反對，徐財主到底沒敢遣媒。等到現在，徐財主已成了大皇帝了，皇帝照例有三宮六院，七十二偏妃，做娘娘的不能再吃醋了。由於各位軍師國師的勸諫，娘娘委委屈屈地答應了，附帶條件，是只許選一個西宮，一個東宮，再多了不行。混元皇帝大喜過望，立遣能臣，到佃戶家納聘選妃。不想這佃戶是個山東軸子，他的女兒早有了人家了，皇帝龍恩下顧，他竟峻拒，不肯當皇帝的老丈人，他記得戲臺上，皇親國舅，塗著塗鼻子奸白臉，被人醜罵，他再也不願攀高了。國師任憑怎樣勸誘、威嚇，這傢伙抱定決心，不做國丈，後來逼得太緊，佃戶氣得直罵街，要告狀。他這樣一揚風，混元教友大驚，就要殺他滅口。可是他們本是一夥愚民，並非強盜出身，他們還沒有殺人害人的經驗和膽量，倒被佃戶聽見了消息，嚇得他帶了女兒，逃入綏化廳避難。他也有親友，逢人說到此事。結果，徐家園子出了土皇上的話，弄得廳裡也有些耳聞了。

偏偏混元皇帝的國師劉真慶，又逞三寸不爛之舌，說降了一桿子紅鬍子，約有三十多名。這可是殺人不眨眼的慣賊，為首的鬍子頭姓馬，是個官迷，他的三十多個同黨，他都札委為哨官哨長，他自居為管帶為統領，手下可是沒有兵（這個事情，從破案的匪案中，抄出他們的官銜片子來，都是煌煌都司游擊的自相稱呼著）。究竟自己派自己當統領，過不了官癮，現在混元皇帝竟要封他為鎮邊將軍、天下都招討、兵馬大元帥，頭品頂戴，賞穿黃馬褂，他就榮幸非常。這一夜竟在圍牆內地下金鑾殿，覲見了皇帝。皇帝穿了一身黃，不滿不漢，又像戲臺上的皇上，又像縣衙門的老爺，可是高高坐在磚臺上的黃帔大椅子上，兩旁有宮女，左右為國師，排列敘禮，明燈輝煌。倒把個紅鬍子嚇住了，連連地三跪九叩，行了君臣大禮，天子口吐人言，只說了四個字：「下面賜宴！」國師就把馬大元帥領出來了。

果然就徐宅前院賜了御宴，另外賞給一口寶劍，發給一顆「元帥印」，可是木刻的。好在馬鬍子得此已足，另外又領到了幾十份「御札」，把馬鬍子手下的小鬍子，一律封為將軍，如果續有投效的，也可以現填空白御札。

這一來，馬鬍子一加入混元教，掛帥封官，立刻出了是非。他有一本「奏明聖上」，若創大業，必籌底餉，臣願率領部下，前往大清國，武力借糧借餉。還沒等到混元皇帝御批「准奏」，他就搶起來了，竟掀起很大的一個風波。

這時候，恰有一批大租銀子，該解進省。大租就是地丁錢糧，關外花的榆眼錢，又小又薄，平貼水面，可以不沉。但是交地租卻要青銅大錢，解運官用十幾輛大軲轆車，裝滿好多木箱銅錢，合銀子在八萬兩左右，調十數名鎮邊軍，一同由綏化廳起運進省。那裡黑龍江還沒有改省，由將軍駐守都省，都省也叫黑龍江，也叫卜奎。因為這是國庫正稅，沒有土匪敢劫奪的。劫了私人的錢財，就是數目大，也可以不破案。若是官家正稅，國庫官帑，斷不許出一點閃失，萬一出了錯，連地方官帶當地駐軍，一齊擔著嚴重的處分，就是嚴拿務獲，人贓俱得，也還有後患的。不知道有多少官人吃罪不起，更不知有多少流賊土寇受株連，遭痛剿。只要是官款一出錯，下至地方文武，上至都省大吏，全都要慌的。因此在前清時的胡匪和關內的土匪，作案都有一個祕訣，是鬥富不鬥勢，鬥財不鬥官。劫了官帑，到最後的結局，終要被擠吐出來，還把性命饒上，還連累了線上別的朋友（這種風氣，寫秦瓊故事的作者，已然早早說破過。程咬金劫了皇綱，才逼得一群草野強豪到瓦崗寨嘯聚謀反，混世稱王）。

不幸這混元皇帝駕下，新升的大元帥馬鬍子，聽了國師劉真慶的妖言誘惑，居然牽黨，把大租銀子劫了！以致連累了許多人，丟掉「項上的人頭」！

馬鬍子也不是不知利害，偏偏聽信了劉真慶、圓照和尚這兩個妖人的信口胡言，自謂煉有神符，持有神咒，好好修持起來，可避槍火。自然是空口說白話，沒人肯信，也沒人敢信。

劉真慶為了抓住人心，打破了愚民想大闊又膽小的弱點，所以放出這個謠言來：「你們既想從真龍，保真主，就不要怕死。其實死有什麼可怕的？為國盡忠，為本教賣命，死了可以上天堂。」教友們只想封侯拜相，不想上天堂。他才又生二計：「你們怕什麼？怕大清的兵嗎？他也是個人，咱們也是個人，他能殺你，你也能殺他。他們有勢力，我們得人心。」這樣說，人們還是怕。他這才又生第三計：「你們不要害怕吧。你們不過是怕大清國的貪官汙吏有槍火，會打死你們。咳，那才沒用呢。」圓照和尚忙自承會金鐘罩，我不怕槍炮。別人也跟著學，可是自來江湖人相傳，練金鐘罩，必須童子功，這些教友多半是成年鄉下人，而且練法也不能急抓，又不易矇騙人。

獨有劉真慶這一招，卻是奇絕妙絕，只帶上他的三道靈符，念熟他口授的一百零八句神咒，便可以刀槍不入，火藥也不怕，簡直地入水不濡，入火不焦。

誰要說不信，「我們可以試試」。劉真慶在「法不傳六耳」的祕密條件下，只叫馬鬍子和另外一個教友，在半夜裡參與試驗。由劉真慶佩符念咒，由圓照開小六轉打他。只聽念動真言，一二三，圓照開槍便打。怪極了，乾摟機子，槍不響，彈不發。馬鬍子問：「怎麼回事？」回答說：「避住了。」

馬鬍子疑疑思思的，說道：「我開槍，行不行？」回答說：「行，誰都行。」馬鬍子又問道：「手槍可避，火槍也成嗎？」劉真慶飄飄欲仙，微微一笑道：「豈但火槍，大抬桿亦可避也！」

馬鬍子就要找大抬桿，圓照道：「且慢，那個東西，動靜太大。恐其驚動了官面，這裡不是有兩桿十三太保嗎？你拿去試試。」馬鬍子依言，取了一桿十三太保，驗看一下，遂即舉起來，略略對著國師劉真慶，把槍機一摟，劉真慶口念真言，只聽這槍腔哧哧地一響，馬鬍子大吃一驚，趕忙一鬆手。幸而槍腔沒炸，但是打不出火藥，卻也證實了。從此，一傳十，十傳百，劉法師會念咒避槍火，人人都相信了。立刻有許多人要學，拜劉為師。劉也不拒，只是這咒太難念，據說一面念，一面要拿手指畫空畫符，必要咒也念完，符也畫成，恰到好處，方能避槍彈，差一點是無效的，而且持咒時必先吃齋，還要避內，有老婆的學這個，可不大相宜。若是不避房事，屆時念咒避槍火，不但無效，且有大害。另外還有一個戒條，是「誠則靈，信則效」，只要你修持此咒，稍存疑慮之心，或有不信之意，那就一定「不靈」了。因為他還說過，這是神術，洩露天機，有干天忌，學會此咒的，只可拿來救命救急，千萬不要胡亂試驗兒戲，若是試之過於瀆褻，也要失效的。這也是道門中常有的戒條，劉真慶既然這麼嚴重地說出來，人們聽了，似乎覺著很近情，很近理，也就十九相信了。可是由這一來，對這避彈妙法，人人畏難，不敢輕於試練了。劉真慶告訴他們，學只管學，等學過來，遇見大災大難，再用不遲。結果混元教友人人會念咒，大多數不曾實用或實驗。

那新封大元帥馬鬍子，自經一度實驗，深深相信無疑，把劉真慶佩服得五體投地。不久，他就聽說地方官派武弁，押解十幾輛大軲轆車，運送大租銀子進省。馬鬍子要建頭功，竟勾結同幫，動手抄劫。在他想，劫官帑固然有大麻煩，但本教有這樣神師仙法保護，還怕大清兵做什麼?他就帶著他那一桿子人，約有三十多名，藏在山麓要路口。直等到解帑車插著黃旗，排成直行，穿山道而過，馬鬍子就首先發出一槍，手下人也就隨聲放出一排子彈。

解帑武弁大駭，連同官兵，一齊下馬，伏在散漫岩石後，開槍抵抗。官兵人數既少，火藥也有限，只支持了半個時辰，便陷入馬賊的包圍圈內。馬賊不要命地逼迫過來，喝令官弁留下地租銀，留下槍火，「饒你等的性命」。緊接著一排槍，又一排槍，鬍子的槍法都很準，武弁首先受傷，隨後官兵也頂不住了，一群馬賊一擁而上。解帑官兵官弁，只得棄車上馬逃走。

官帑失落，僥倖逃出性命，武弁急急負傷歸營稟報，說是途遇大批叛匪，約有二百人，恃眾劫去官帑。押帑的廳吏也這樣報了，綏化廳的文武，一齊震恐。幸喜追緝賊蹤還容易，在場的差役兵卒，親眼看見馬鬍子把地租車帶進山坎，轉投到一個小村內。這小村正在徐家園子附近，地名叫狐狸窪。

綏化廳理事通判文秀山、鎮邊軍統帶伊崇阿，協派幹練人員，前往失事地點勘詳。只幾天，很容易地勘得詳情：該地土財主徐立方，庇養妖人一僧一道，創立混元教，妖言惑眾，潛謀異圖，曾經祕購龍袍，暗築皇宮。又雲，劫奪官帑之匪，即是妖賊逆首徐某之黨羽，現受封偽職大元帥等官，據稱率眾明目張膽，劫取國庫，於次日夜深，原車解入私宅，據雲即用以充備叛軍軍餉。

諜報的話比這個還加詳，早把個文通判、伊統領嚇黃了臉。這若教上官知道，文武二吏失察罪狀百口莫辯。這沒有別的辦法，趕緊派兵捕，剿要犯，起贓銀。上詳的公事，只好冒著「隱匿要案」的危險，暫且壓一壓，豁著先辦案，後報案，文武全謀，當晚就調兵，即刻便出剿。痲利極了！

伊統領調了三百名鎮邊軍，前去剿捕妖人，竟不知妖人混元皇帝徐立方，此時聲勢已然很大。手下教徒黨羽，已將及萬人。而且塞外民風強悍，尋常住戶，都築土堡，聚族而居，家家都有槍火。徐立方蓄志稱王，又祕密勾結槍火販，新買了一百支槍；除了馬鬍子，又收服下另一桿子馬賊，足有五六十名悍匪，也封了元帥將軍，還把賊首章德旺封為王爵，馬鬍子也追封為王。等到馬鬍子劫了國庫地租，混元教下群雄全認為這一來驚動了地面官府，經一度聚議，要就此起義，先攻綏化，再奪黑龍江省會卜奎。偏偏妖道劉真慶、妖僧圓照這兩個傢伙迷信巫術，自謂仰觀天文，時辰還未到。「吾皇萬歲要想興兵創業，仍要依照三皇寶錄，應於明年八月十五日，中秋節日起兵，那就攻無不勝，戰無不利了。」

馬鬍子迷信劉真慶的神術，首先贊成。以為：「我把大租劫了，官兵全被我打跑，他們一定不知道為臣是給萬歲服勞，他們把我看成尋常的馬達子，再不會找到萬歲頭上的。」章德旺大元帥深不以為然：「若要人莫知，除非己莫為，馬將軍劫了這許多官帑，連夜運到大皇帝的府上，地面官人一定要探出底細來的。為臣認為事不可緩，先下手為強；此刻應該立即高揭義旗，迎頭襲奪綏化城。我們占了綏化廳，就在那裡建都，然後出兵略地，先奪取黑龍江，再進兵盛京，再直取北京城，趕走大清皇帝，天下歸心，定可一統。」

御前會議，抬了半夜槓，僧道二位國師還是堅持八月十五起義，最後是提早一年，改於今年八月十五發動。此刻剛剛進七月，還差一個半月，盡可以先行預備。哪知道還沒容他預備好，清廷大兵殺進來，混元皇帝就此亡國！劫帑數日後，官兵三百名殺到徐家園子五十里外。探馬報到地下金鑾殿，混元皇帝大驚失色：「大清兵來得好快呀！他們怎麼失了地租，專找我來？」他們把人全看成傻子瞎子了。

馬鬍子首告奮勇：「萬歲不要擔憂，微臣不才，願領一彪人馬，把大清兵殺個片甲不回！」

立刻在徐家園子鳴鑼集眾，召集了二三百名混元教友，全是深信教義，誓保真主的信徒。即由一位親王率領，另由馬元帥和章德旺元帥，各率本部，三路出發，居然有三百五六十人，人數超過官兵，火器更為精強，全是新從外國浪人那裡用重價買來的。

當天開戰，混元教三路義勇軍，仗著一股子邪氣，驍勇異常，內中又有積年的胡匪，又有善玩火器的獵戶，三百名鎮邊軍竟抵禦不住，半日工夫，險被包圍。督隊的先鋒官看事不妙，把所坐的爬犁車掉轉頭來，預備往退路走。先鋒官這樣示弱，頓時影響軍心。也不知是誰喊了一聲：「不好了，後路有了敵人了！」在前面據守土岡和教匪對打的，一齊起了後顧之憂。

先鋒官驅爬犁車往歧路上退去，部下官兵跟蹤撤下來。又全是馬隊，竟驟然地退下來了。這一戰就算打敗。先鋒官忙發文書，稟請增援。言說：「賊勢浩大，數逾千人，槍械精良，官兵勢弱。」

伊崇阿統領文秀山通判天天在那裡盼望捷報，哪知出兵剛五六天，便吃了敗仗。

文通判親訪伊崇阿統領，協議增兵。這番要大舉，一舉破賊，竟將鎮邊軍抽調了兩營，又由通判廳內四班班房，挑選出精幹的捕快，湊足一百名整，全是火器上、技擊上有兩手的勁漢。官兵由一員幫統、兩員營官出馬，捕盜由巡檢楊毓封率領；加上幕府會武術的師爺張玉峰、吳寶華、朱天雄，並加上鏢客李雲山、楊久和、葉梓材，武師齊景山、王慶和、魏德善、王玉書、王洛義這些人，通通帶了火器和利刃。預定步驟，由官兵攻正面，明剿叛逆，使幕客張玉峰，帶領這些矯健的鏢客武師，設法暗襲。雙管齊下，裡應外合，以求趕速破案；若日子太耽誤了，別的事小，這將及十萬的地租銀子，誤了限期，全吃罪不起。

鎮邊軍分兩隊，一直開到徐家園子，遠遠採大包圍式，正面擇一山崗，暗暗架上兩尊土炮，四桿大抬桿。背面埋伏下大抬桿隊，左右兩翼也安好卡子。又揣度地形，徐家園子一攻破，逆賊必要落荒奔西北逃竄，就在西北角也擇一山坎，架上兩尊土炮、兩桿抬槍。

官軍絡繹開到，混元皇帝像蒙在鼓裡一樣，數年前他最膽小怕事懼禍，此際被僧道兩個妖人愚弄得又太膽大了。頭一仗殺退官軍以後，這個混元國公然大開慶功筵，燃爆竹，懸燈結綵，歡賀頭功。同村的教民也如瘋如狂，公然掛起國旗來，杏黃方旗，當中陰陽魚，四周是八卦，這就是混元旗。可是國師劉真慶到底還繞著一個死扣，現在已和大清兵開了仗，他還是要等八月十五才正式舉兵。據他推算，只有八月十五這天出兵攻打綏化城，不但一戰成功，還可以收降清營將吏和城內文武官。混元國滿朝文武都主張趁這頭次勝仗，索性出兵略地，劉真慶偏還是要死等八月十五。這一來好極，堵窩捉老鼠，省得大皇帝蒙塵出狩，一下子就「國君殉社稷」了！

滿朝中文武固然是些瘋子，可是也有不太傻的。頂狡獪的人，設法躲到別處去了，其餘的人受了劉真慶的愚惑，正加緊練他們的避槍火神咒，還有較少數的人，覺得國師的應敵之法太以大意，聯合了許多人上奏一本，懇請萬歲速派二位元帥出國都巡邊防敵。混元皇帝這時把帝王的尊嚴擺得十足，一心正想算三宮六院七十二偏妃，如今剛剛湊上一位西宮，特派一員大臣，下鄉給他去採選宮娥，滿腔只想皇王之樂，倒忘了目下江山之危。奏事的人力陳時艱，言說清兵敗退，仍未出疆，恐有後患，千萬聚兵追擊，不可據城孤守。混元皇帝駕下的臣民共總還不夠一整萬，明白人僅僅這六七位，異口同聲，再三絮聒，他這才重登地下金鑾殿，召開御前會議。只顧了表演威儀，正經事只商議了一小會兒，便算定規了。這還是明白人力爭的結果。由皇帝下詔，所有教民壯丁，凡年在十八歲以上，四十八歲以下的，不分男女，一律限明日前來國都，聽候點名，發給武器，年老的和小孩子，別編老人軍、孩兒營，也按名發給刀槍，只沒有火器，準備教壯丁應敵，教婦孺老人守城。

詔書一下，第二天附近各村的教民，真個全來了。可是遠處的教民竟被官軍所放的卡子給打回去了。這一來，立刻有人奔來報信，說是不好了，咱們徐家園子方圓附近，都屯了大清營的兵隊了。混元皇帝這才大吃一驚，他駕下的二位國師、兩位元帥，竟沒有探出清兵援兵已到的消息，可算荒唐已極。

徐家園子登時發動，趕緊鳴鑼聚眾，趕緊派兵點將，出去迎敵拒敵。圓照和尚有點發慌，忙問劉真慶：「這怎麼辦？外頭有好幾千大清兵呢？」劉真慶哈哈笑道：「幾千清兵，何足懼哉？我教他們趕快熟習護身神咒，我親自率領他們，把清兵剿了。」他還是大言不慚，一點也不害怕。不過，八月十五再舉兵的話，他也不再堅持了。成群的教徒，紛來領取戰具，居然按名查點，湊足了兩千多人。內中壯男不過一千多人，剩下的竟是娘子軍、孩兒營。仍由章德旺、馬鬍子兩位元帥，分率著一千名壯丁，各引五百名為一軍，出離土園子挑戰。四位鎮殿軍，八名鎮兵，就分帶著二三百名男子和數百名娘子軍、孩兒營和老頭隊，登上土圍子，護城備敵，並巡邏圍子內。這就是混元教忠義軍的傾國之旅了。

兩位元帥各領著五百名壯丁，內中有火器的每軍只占一二百名，其餘的就是長矛和短刀、白蠟桿子和狼牙棒，馬鬍子手下有三四十名悍匪，章德旺手下有五六十名馬賊，這都是勁兵，不但膽大，而且久慣殺人放火，玩火器很熟。他們於當日一清早，用堂堂正正之師，分兩隊攻打清兵，居然打得很激烈，若沒有土炮和大抬桿，清兵簡直又抵擋不住了。這些清兵全是綠營游卒猾勇，誰也不肯賣命。章馬二匪卻聚的是一群悍寇和一夥教匪狂徒，打起仗來，不知死活。當天直打到過午，各個消耗了不少火藥，傷亡了一些人。清兵往後稍退，教匪也往回撤下來，照樣扼住要道口，暫且休息。

耗過了一兩個時辰，戰士們輪流著吃了乾糧，喝足了水，馬章二帥一聲令下，續往前攻。雙方接觸，隔著一段高粱地，一段土岡，又打起來了。一時官兵搶上土岡，一時又退下去，一時教匪攻過了土岡，一時又撤回來。拉鋸式的戰鬥，足足又支持了三個時辰。

清營帶兵的幫統，本就沒打算一鼓作氣，攻入徐家園子土堡。他要耗到夜間，按預定計劃，正面佯攻，背面偷襲。那巡檢楊毓封和武師張玉峰，挨到日頭西山，一百多人，便一律換上短打扮，青衣綺，頭上也打的是青洋縐包頭，只每人帶一條白布手巾，系在左手腕上，作為標識。一百人中，計有五十多支自來得，二十多支小六轉，此外是十三太保，背在身上。每人另外還帶著刀劍、鐵尺、鐵拐、袖箭、金鏢。並且還有十幾盞孔明燈，兩隻千里眼，以及繩索、手鐐、火炬、繩梯等等。

挨到起更，楊巡檢向幫統請求了暗號和裡應外合的辦法，一切預備停當，百十個人，率兩名眼線，悄悄地繞道斜趨徐家園子的西南角。

距離土圍子不遠，大家都藏在莊稼地裡等候。

這時正面北方，官兵趁著教匪戰乏收兵，回隊吃飯的夾當，忽然吹起進軍號，除土炮未動外，大抬桿隊一齊出離陣地，往土圍子進攻起來。攻勢非常迅猛似的，銅號浩浩地吹個不住，兵們隨銅號音，齊聲喊：「殺！殺！殺！」兩營官兵上千的人，銅號既非常慘厲，喊殺更異常浩大，震天震地似的，火槍聲也乓乓乓乓，連續不住地打。這是今日兩次開仗最激烈的一次衝鋒。混元教忠義軍兩次索戰，都是要打便來打，要走便收兵，清兵只取以逸待勞，沒有追擊。現在，天黑了，人餓了，清兵反而越打越勇了。馬鬍子和章德旺雖是積匪，從沒有正面作戰的經驗，驚恐之中也慌神了。他手下那些教匪，更沉不住氣，沒等敵人嚇他，他們自己先嚇唬起自己來，很多的人失聲叫道：「不好，大清營又調了大隊救兵來了！」他們竟不知自己這一方面是傾巢出戰，清營那邊始終只拿來一半力量來打。這些教匪不約而同，棄了扼守的土岡，忽忽魯魯往土圍子撤退下去。

章馬二匪帥也彈壓不住，索性帶大隊一同退入圍子內，登上土堡，調來大抬桿，衝黑影往清兵喊殺聲中，亂打起來。清兵依然是連吹進軍號，一千多名兵聲聲不斷地喊殺，火槍也往土堡上面打。

這一來，所有混元教的兵力，全聚焦在正北面，摸著黑，據堡拒敵，苦苦地消耗他們的火藥。可是乘著這一陣亂，楊巡檢、張武師這一百多名敢死隊，潛蹤進襲，居然偷偷地爬到徐家園子西南角下乾壕溝那裡，又居然悄悄地爬過了壕溝，把一個個身子緊貼在土牆根下，半蹲半坐，各持著火器，仰望上面的圍牆更道。

這時候，正北面槍火聲、銅號聲、喊殺聲依然不斷，堡中的抗戰聲仍然很熱鬧。這時候更道上雖然由下面看不見人影，仍然歷歷聽得出有動靜。更道上必有教匪的瞭望兵，這已無可疑。要想翻牆頭跳過去，便需拚命冒險。但捨命犯險，仍恐打草驚蛇，不易奏功。

這時候已耗過二更天了。正北面進攻的清兵，由幫統懸重賞，挑出了四名號手、十幾名火槍手，穿莊稼地也往土牆前潛蹤進襲。卻不是真偷營（實際也不能偷，教匪全神都注意這北面一路了），混元皇帝和兩位國師，也剛剛地出離地下宮殿，到土堡城頭，往外觀陣，一面鼓勵鬥敵之兵。此時巡了半圈，又已回轉宮殿，由二位國師，拜表玉皇大帝，請天兵天將，連夜下降，助我殺清兵，成大功。其實呢，劉真慶一聽見槍炮聲，竟腦袋疼起來了。混元皇帝此時也有些心慌，正宮娘娘嚇傻了，派宮娥請萬歲進宮。他們在圍城內，自己騙自己，外面的清兵居然潛蹤到更進一步的所在。四個銅號手，十幾個火槍手，把身形擇地蔽好，立刻齊聲暴喊，把銅號狂吹起來。

果然這一來，招得土堡上教匪人人驚恐：「不好了，大清兵竟殺到跟前來了！」又是一陣騷動，馬鬍子、章德旺兩個悍匪在紛亂聲中，側耳細辨，已聽出這殺過來的敵人數目寥寥無幾，就在近處不遠。忙吩咐調大抬桿，照準號聲喊聲來處，速發數槍，果然把銅號聲打啞巴了。但是堡上人心竟被擾動，很有些人溜下土堡。章馬二匪和四位鎮殿將軍，再三再四鼓勵士氣，略略把人心凝住，不料東北角忽然浮起火光，東北角一片叢木和亂草地，竟被敵人放起火來，而且風勢正往這邊刮。人心立刻又浮動起來。

這一把火，卻是武師張玉峰冒險點著的，這一把火距離土圍子僅僅兩箭地，風大勢猛，太危險了。混元教群匪亂喊亂叫，有的人說：「趕快教出去救火！」有的人說：「快請國師，念咒救火！」

國師爺劉真慶請到，這傢伙早已慌了神，大家說救火，他就隨聲說：「快去救火！」大家說：「國師爺快念咒！」他就說：「你們，快開堡門去救，我這就登壇念咒。」他一溜煙跑下更道，到下面搗鬼念咒；兩位鎮殿將軍妄想乘機救火，伺隙潛逃，他就帶了二三十名壯丁，拿了救火的東西，開堡門逃出去。

流彈橫飛，二位鎮殿將軍沒有完整逃出火坑，清兵照火場連開數排槍，一個被打死，一個中了傷。二三十名壯丁乘黑夜竄逃。有的往外逃，有的往回跑。卻由他倆這一鬧，幫了楊巡檢、張武師很大一個忙。楊張二人率百名武師鏢客和幹捕，乘亂一擁而上。有的爬上土牆，登上更道，有的混入救火團，進入圍牆裡。

徐家園子，大勢去了！

五十支「自來得」，在當日真和機關槍一樣的兇猛無敵。百名敢死隊，入虎穴，捉虎子，一陣風地猛撲，把槍開了，如雷鳴，如電掃，把混元教匪留守在西南面和南面的（但是些老弱，又十九沒有火器，只憑刀矛）打得亂叫亂嚎，亂鑽亂跑。

武師吳寶華見已殺入賊巢，立刻將暗號發出去。是特製的旗火，沖天而起，一溜火光，留在外面的兩個敢死隊，立刻響應，更放出較多的旗花，火光在半空連閃。一路上所留的巡風傳信的人，立刻也響應，也照發信號。如此輾轉通報，正面大營的幫統頓時得到確實的捷報，頓時發令進攻。這是真進攻！

果然，楊巡檢、張玉峰武師百名敢死隊，剛剛攻入徐家園子腹心之地，還沒尋著地下皇宮，那正面土堡更道上的教匪，已得急報警報說：「大事不好了，西南角闖進敵人來了！」章德旺大吃一驚，立刻督隊下更道，要還救皇宮。馬鬍子也大吃一驚，立刻把舊部數十名悍匪一叫，他卻不是回宮勤王。他密告同夥：「見機而作！」跳下更道來，就往馬號跑。奪了幾匹馬，和同夥悍匪，摘槍上馬，衝出堡道，奪路要走。章德旺的勤王官兵，恰和他們相逢，一個忠義軍還喊：「馬元帥，敵人在這邊呢！」略一阻攔，馬鬍子甩手一槍，把人打倒。章德旺怪笑道：「哈哈！」也甩手一槍，馬鬍子滾鞍落馬。

馬鬍子的舊部開槍救首領，章德旺的舊部開槍打叛逃，雙方混戰起來，殺人如麻。堡上堡下，人聲鼎沸，黑影中男女教友鬼哭狼嚎。

鎮邊軍一千名官兵在進軍銅號浩浩狂吹聲中，頓時衝殺到土堡北門。

楊巡檢、張玉峰武師及一百名敢死隊，夜襲皇帝地下宮城，竟如探囊取物，攻破後園，砸開宮門，在五間大的地窨子裡，發現了「金鑾寶殿」。由黃龍寶座抓下來混元皇帝徐立方。皇太后、正宮娘娘、十六歲的美貌公主，一齊落網。像粽子一樣，都上了綁。在寶殿內，起出玉璽、黃袍、尚方劍等等妖妄法物。

妖僧圓照逃到地上東廂房，仗恃他兩臂有力，過去幾個兵，沒有擒住他，反被他開槍打傷。直耗到子彈用盡，他才狂吼一聲，舉戒刀殺出來。另外還有幾個混元教友，也是破出死命拒捕。這全靠敢死隊內的武師，展開技擊的功夫，力戰把他們生擒。

其他教匪，除了混戰傷亡，其餘投下兵器，跪在地上，即行免死，但照樣上了綁。勢敗之後，死走逃亡，成擒的教匪，只有二百多名，死的也差不多。轟轟烈烈，人數上萬的混元教，如曇花一現，終於滅亡。

獨有罪之魁、禍之首護國軍師妖道劉真慶不知何時從何處竟被他逃走。卻由他斷送了這麼多的愚民的性命，他可算死有餘辜。

據張玉峰武師說，一直過了兩個多月，才在綏化廳以北百十里地以外，一座小土堡內，把他捉住。他已經剃去了道士的蓄髮，刮去了滿口的長髯，打扮成一個俗人模樣了。他正在那小土堡中，喬裝治病的郎中，給人治傷寒病。這東西真是神通廣大，到底不曉得他怎樣兔脫，也不知是誰掩護著他了。最後是訊明口供，賞給他一個「剮」。

至於混元皇帝徐立方，因搶劫大租銀子，犯罪雖然重大，卻因官場上種種顧忌，竊案盜案可以上詳，股匪案件便不好上報，叛逆案子牽涉更為嚴重，綏化廳的文武地方官，一再密商的結果，只悄悄把徐某一家問斬，全案是壓下去了，到底沒敢上詳。只由理事通判文秀山，親自到盛京將軍衙門，把案情祕稟罷了。盛京將軍也是不敢掀動叛案的，前清向來怕民造反，一有叛案，株連太大，故此做官的不敢認真。

這一來積德不小，徐立方的親戚本家，免去不少罪行。甚至他那位年方十六的美貌小公主，因被楊巡檢看中，而且她也嬌小得太可憐，結果，也把她開脫了，隨後，變成了楊太太。

那被教匪劫去的大租銀子，當然也被他們耗用了不少。但自有混元皇帝的逆產，可資抵補，全案剛一破，租銀便解進省去了。

這便是洵陽武師張玉峰故事的大要。那時張武師正在英年，他還做了許多事，隨後得暇，還要陸續記錄下來。

三十五年四月二十八日白羽述

整理後記

《子午鴛鴦鉞》是白羽的一部傳紀武俠小說，也是抗戰勝利後的第一部作品。報紙連載時名《子午鴛鴦鉞》，出書時改名《彈劍記》。北平北京書店1946年5月初版，一冊，共六章；1947年3月，上海平津書店改名《彈劍記》出版，刪去第六章，剩五章。本次出版，恢復《子午鴛鴦鉞》原書名，恢復第六章。

電子書購買　爽讀 APP

國家圖書館出版品預行編目資料

子午鴛鴦鉞：閻王登門，當晚留髡 / 白羽 著 . -- 第一版 . -- 臺北市：崧燁文化事業有限公司, 2024.03
面； 公分
POD 版
ISBN 978-626-394-071-0(平裝)
857.9　113002428

子午鴛鴦鉞：閻王登門，當晚留髡

臉書

作　　者：白羽
發 行 人：黃振庭
出 版 者：崧燁文化事業有限公司
發 行 者：崧燁文化事業有限公司
E-mail：sonbookservice@gmail.com
粉 絲 頁：https://www.facebook.com/sonbookss/
網　　址：https://sonbook.net/
地　　址：台北市中正區重慶南路一段六十一號八樓 815 室
Rm. 815, 8F., No.61, Sec. 1, Chongqing S. Rd., Zhongzheng Dist., Taipei City 100, Taiwan
電　　話：(02) 2370-3310　　**傳　　真**：(02) 2388-1990
印　　刷：京峯數位服務有限公司
律師顧問：廣華律師事務所 張珮琦律師

定　　價：299 元
發行日期：2024 年 03 月第一版
◎本書以 POD 印製
Design Assets from Freepik.com